MW01699982

Cuento

Biografía

Luis González de Alba (México) llegó de Guadalajara a estudiar Psicología en la UNAM y se convirtió en uno de los dirigentes del movimiento estudiantil de 1968. Detenido en Tlatelolco el 2 de octubre, escribió en la cárcel de Lecumberri su primera novela, *Los días y los años* (Planeta, 2008), donde narra esos hechos. Ha escrito cuento: *El vino de los bravos*; poesía: *El sueño y la vigilia*; ensayo: *Las mentiras de mis maestros*, *El burro de Sancho y el gato de Schrödinger*, *La orientación sexual*, *La ciencia, la calle y otras mentiras* y *Niño o niña*. Otras de sus novelas son *Y sigo siendo sola*, *Agapi mu* (*Amor mío*), *Cielo de Invierno*, *Cuchillo de doble filo*, *Otros días, otros años* (Planeta, 2008) y *Olga* (Planeta, 2010).

Obtuvo en 1997 el primer Premio Nacional de Periodismo por su labor en la divulgación de la ciencia. Es colaborador de *Milenio*, *Nexos* y otras publicaciones.

Luis González de Alba

El vino de los bravos

y unos tequilas

Planeta

Bajo el sello editorial BOOKET M.R.
Avenida Presidente Masarik núm. 111, 2o. piso
Colonia Chapultepec Morales
C.P. 11570 México, D.F.
www.editorialplaneta.com.mx

Diseño e ilustración de portada: Eleazar Maldonado / Factor 02

Primera edición en booket: mayo de 2011
ISBN: 978-607-07-0733-9

Impreso en los talleres de Litográfica Ingramex, S.A. de C.V.
Centeno núm. 162, colonia Granjas Esmeralda, México, D.F.
Impreso y hecho en México – *Printed and made in Mexico*

Bebí el áspero vino que reservan
para el placer
los bravos.
K. KAVAFIS

I

EL HIJO DEL CARPINTERO

Cuando le abrió la puerta no hubiera pensado que era el carpintero: tenía frente a sí a un hombre alto, de cabello rizado y castaño, de hermosas facciones y barba de dos días, cerrada y comenzando a encanecer. Iba acompañado por un joven adolescente, un niño, que era en todo su réplica, salvo en que no había alcanzado su estatura ni su peso, un joven delgado y silencioso que miraba tan ingenuamente que parecía abrir de más los ojos. Lo pasó con respeto a la recámara, con el trato obsequioso que se da a quien desea comprar la propiedad, y le mostró el hueco: «Quiero un clóset muy bueno, de caoba, con espejos en el revés de las puertas. Ah, y que no sean corredizas. Con una bonita cajonera para camisas y ropa interior, cajones de poca altura para las camisas y un par más profundos. Aquí, mire, en este lado». Antonio anotó con lápiz en una libretita de hojas rayadas donde ya había trazado un rectángulo: «Cajonera del lado izquierdo. No quiere usted que llegue hasta arriba, me imagino, una buena altura sería esta», y puso la mano a la altura de sus hombros, «aquí dejamos un hueco donde pueda usted colocar… no sé, lociones, cepillos para ropa, mancuernillas, le damos un bonito acabado. Caoba, dice usted.» Sí, quería caoba y un muy buen trabajo. «Los cajones camiseros ¿le parecen bien de diez centímetros de alto?». Marcó la cifra con su flexómetro y un grueso pulgar de uña cuadrada indicó la altura. Era la solicitada porque no quería que cupiera más de una camisa, una ligeramente sobre otra, salvando los cuellos. «Quisiera cinco cajones de esa medida, luego dos más profundos y uno inferior con todo lo que reste; ya ve, donde uno revuelve calcetines y todo tipo de cosas. Y en cuanto al ancho de los cajones, sería el que dieran tres camisas dobladas, lado a lado.» Antonio tomó medidas, luego hincó una rodilla en el piso alfombrado para lanzar el flexómetro de un muro al otro. «Toma la punta, hijo», pidió con voz cálida y amable. El joven hizo lo solicitado y al bajar la vista mostró unas oscuras pestañas, brillantes, que se rizaban hacia las cejas. El padre anotó en su libretita. Luego midió la altura. «¿Lo desea forrado?» Hum, sí, estaría mejor forrado, salvo, quizá, el fondo. «De fondo dejaremos el muro y en este extremo ponemos un bastidor de triplay de caoba. Encima echamos una repisa a todo lo largo. Puede ser de tambor para que sea gruesa sin excederse en el peso y tampoco en el precio», concluyó sonriendo con hermosos dientes. «Y, a ver, aquí deberá ir un tubo cromado para que usted cuelgue su ropa, un tubo para los ganchos.» Anotó la medida. El joven, sin ninguna duda su hijo, seguía cada uno de sus movimientos, sus rayas en el croquis, sus números anotados sobre las líneas, con esa expresión que parecía de asombro y, siendo tan rutinaria la tarea, debía de ser simple inocencia y claridad del alma.

Luego don Antonio, porque de seguro habría que llamarlo don, garrapateó números e hizo operaciones aritméticas en otra hoja de su cuaderno, sacó una calculadora de bolsillo, comprobó sus números y respiró profundo. Al niño comenzaba a salirle un ligero bozo, apenas perceptible, sobre el labio; sus hombros todavía eran estrechos, pero las manos colgaban, pesadas y con incipientes venas, de unos brazos delgados. «Le cuesta, con material, mano de obra, colocación y un elegante barnizado natural, para que la caoba luzca, le cuesta ocho mil trescientos pesos. Si usted está de acuerdo, le pediría la mitad para comprar la madera y comenzar a trabajar.» En cuanto al plazo de entrega, fijó un máximo de dos semanas, «pero si pudiera, se lo entrego antes, a usted le conviene y a mí también.» Los trescientos eran fácilmente regateables, pero, cuando comenzó la frase para ofrecer de inicio siete mil y terminar cediendo hasta ocho mil, vio la mirada del joven, la expresión como de asombro que no era tal, sino un alma a flor de piel, y, sonrojándose porque trescientos pesos significaban dos camisas nuevas de medida todavía infantil, balbuceó el final sin convicción. Antonio replicó: «Ocho mil trescientos es un buen precio, nadie se lo haría por menos.» Lo dijo sin convicción, también dudaba y quizá iba a recortar los trescientos, pero no tuvo tiempo. «Está bien, ándele pues, ahora mismo le hago un cheque.» Se dirigió a su escritorio y comenzó a llenarlo. «Y, por cierto, ¿de dónde son ustedes? ¿De Michoacán? Por allá se trabaja muy bien la madera.» «Somos de aquí, de Guadalajara.» «Y este muchachón, ¿va a la escuela?» El padre lo cobijó con una abrazo que cubrió por completo sus delgadas espaldas. «Sí, señor, ya está yendo a secundaria.» Y le dirigió una mirada que no surgía de los ojos, sino del corazón.

A la semana escasa, llegó con todas las partes del clóset por separado. «Se lo armo en un par de días, nomás consigo unas bonitas bisagras y ya armado lo barnizo. Pero necesito que me adelante el resto, al fin que, mire usted, aquí tiene ya todo», dijo al tiempo que colocaba cuidadosamente todas las partes del clóset recargadas contra la pared. Recibió la mitad faltante y salió preguntando a qué hora podía llegar por la mañana sin causar molestias. «Muy bien, aquí estaré mañana a las nueve y media, a más tardar al quince para las diez».

A las diez no había llegado, a las once tampoco ni después ni en todo el día. Pasaron así tres días y decidió llamar a quien se lo había recomendado, un hermano arquitecto que le había dado trabajo a Antonio en los acabados de varias casas. «Estás equivocado. Antonio es un hombre formal, siempre me ha cumplido en los contratos, es tío de una muy buena amiga, digo, no es un hombre que desaparezca por cuatro mil pesos, y menos aún si ya se gastó el primer pago en el material y lo tienes en tu casa. Mira, buscaré a Elizabeth y le pediré el teléfono, pero debiste habérselo pedido tú... Sí, sí, no era que desconfiaras, es que simplemente se pide el número hasta para tenerlo en otra ocasión... Te hablo en cuanto lo tenga».

Que su papá estaba en el hospital, muy enfermo, dijo el joven. Pero no debía de preocuparse, en cuanto pudiera, le terminaría el trabajo. En otras ocasiones respondía la esposa y era más seca: «No sé cuándo pueda mi esposo atender su compromiso con usted, no puedo responderle de nada. Le diré que llamó».

Pasó un mes y pasaron dos meses. De don Antonio, ni sus luces. Que seguía enfermo, que la semana siguiente se presentaría a armar el clóset, que había recaído. Pero nunca llamaba él para disculparse. Había que estarlo esperando, buscando, llamando. Una semana las llamadas fueron amables, a la siguiente conciliadoras: «Sí, sí, comprendo, tu papá sigue mal. Bien, qué le vamos a hacer, infórmale que lo he estado llamando.» «Claro que sí, señor, y no se preocupe, en cuanto mi papá pueda trabajar lo primero que hará será terminar ese pendiente con usted.» Las siguientes semanas fueron de tono crecientemente helado, más aún si respondía la esposa. El joven escuchaba la diatriba en silencio y luego respondía: «Tiene usted razón en estar molesto, pero de veras, no se preocupe por su trabajo», y había una inexplicable certeza en su voz, una claridad como la de su mirada cuando parecía estar asombrado y no lo estaba.

Un buen día, tras una llamada particularmente molesta en la que amenazó con presentar queja ante el Consumidor, obtuvo una respuesta firme: «Mañana tendrá usted terminado su trabajo.» Y al día siguiente allí lo tuvo enfrente, con su flexómetro y una escuadra metálica, estopa, tíner, clavos, martillo. «¿Y tu papá?» «Murió hace dos semanas, pero vengo yo a terminarle su trabajo. No se preocupe.» Primero enmudeció, luego una sonrisa se le abrió paso entre sílabas titubeantes: «¡Pero tú eres un niño! ¿Qué puedes hacer tú?» «Le haré su trabajo, señor, y le quedará bien, se lo aseguro.» Lo miró con detenimiento: tenía hermosas y grandes manos de adulto, brazos de niño, poca estatura, y cuando bajaba la vista ante la insistente mirada ajena, una suave línea de pestañas espesas lo hacía encantador.

Respiró hondo: «Pasa», invitó con voz suave. «Cuéntame primero qué ocurrió con tu papá.» Levantó la vista que había tenido clavada en el suelo: «Murió, señor», y parecía no tener emoción alguna, lo decía como un dato, una fecha. «Pero de qué murió, cuando vino aquí contigo se veía un hombre fuerte, alto, muy sano...» Se sorprendió poniendo excesivo énfasis en los detalles, deteniéndose para no describir el cabello rizado, el vello castaño asomando por la camisa abierta, los antebrazos gruesos. Todo lo que habría dicho y no dijo. «¿Tuvo algún accidente?» El jovencito bajó de nuevo la mirada y las pestañas brillaron a la luz del sol matutino, oscuras en la base, doradas en las puntas, las cejas acordonadas parecieron temblar un poco, pero su voz fue igualmente inexpresiva que antes: «Murió de cirrosis, señor. Bebía mucho y cuando usted le hizo el adelanto... por suerte alcanzó a comprar la madera; lo demás se lo bebió. Le ayudé a terminar lo que le trajo, esto...» y señaló los paneles de madera, «luego vino por más dinero, no sé si usted le notaría algo...» Pensó sin recordar nada especial: «No, nada, lo vi normal como la primera vez.» El jovencito volvió a dirigirle esa mirada como de asombro, abierta, que sólo expresaba un completo vacío, y muy serio movió apenas la cabeza: «Sí, no se le notaba».

Se hizo un silencio que pareció largo, enorme, durante el cual se miraron a los ojos, un niño de catorce años huérfano, un hombre de treinta y cinco años soltero. «No creo que puedas», murmuró para salir del encantamiento. «Si no le complace el trabajo, le regresaré su dinero, mi mamá va a recibir un poco…» Lo interrumpió con un movimiento de la mano. «No, no me debes nada; pero vamos a ver cómo te queda», y le sonrió desde lo más profundo de su corazón.

Antonio, también se llamaba Antonio, trabajó tres días. Colocó polines, martilleó la desbastadora en las marcas a lápiz para las bisagras, hizo espigas, metió taquetes, atornilló marcos a la pared, clavó, empastó cabezas de clavos, lijó, pulió. Y finalmente dio un ligero barnizado al trabajo con lo que llaman una muñeca de trapo. Comprobó su obra: las puertas se abrían, los cajones se deslizaban. Pidió una escoba para barrer la viruta y la tierra. Recogió sus instrumentos. Y sólo dijo: «Aquí tiene, dígame qué le parece», lo dijo sin sonreír, con los ojos abiertos como por asombro. «Déjame abrazarte, chiquitín», dijo dando un paso hacia adelante y atrayendo con una mano la cabeza del joven. Antonio respondió al abrazo con resistencia. «Gracias, señor», dijo dirigiéndose hacia la puerta. Hubiera querido retenerlo; ofrecerle adopción, casa, desayuno caliente y escuela. Pero no dijo nada porque no hubiera podido hablar.

EL FALSO CAMIONERO MEXICANO

A Philippe y Daniel.
Y a mi sobrino Luis Pedro.

Sebastián Vitteri había heredado de su abuelo italiano un hermoso bigote y de su abuela duranguense un color moreno palestino. Los otros abuelos habían cooperado, él con un par de gruesas piernas y ella con una tendencia al pelo ralo que pronto fue calvicie incipiente.

Durante los primeros meses de su *stage* de posgrado en París, Sebastián se dedicó a asistir a sus cursos: el seminario que Didier Anzieu conducía sobre *Tintin*, la historieta; los divertidos cursos en Saint Denis, donde no se exigía ninguna disciplina, los alumnos hablaban sin pudor en clase y los maestros repartían buenas notas sin excepción.

Pero ese verano fue especialmente caluroso, como nunca en París, y las tardeadas en el Palace se convirtieron en sauna sofocante. El Palace tenía el aspecto de haber sido un enorme cine, como el Variedades en Guadalajara, con luneta y dos balcones. Con la luneta libre de butacas, los tres pisos de la disco se mecían arrebatados por Michael Jackson rodeado de muertos proyectados sobre una desgarrada pantalla, reliquia del cine. La tardeada era de cinco a nueve, hora en que se encendían las luces y entraban los empleados a barrer escasos condones y mucho papel higiénico arrugado.

—¿Vuelve a abrir más noche? —preguntó Sebastián a un joven vestido como todos, de pantalón vaquero y camiseta blanca, el uniforme del lugar.

—Sí, pero entran mujeres y *straights*.

Con tres condones en un bolsillo, papel enrollado en otro y el infaltable frasco de pópers en el bolsillito remachado del vaquero, Sebastián pagó su ingreso al verano de su desolación: allí mismo, en las amplias gradas de lo que había sido el vestíbulo, bailaba torpemente y solo un oso de 1.80 de estatura y cien kilos. En los clímax musicales aspiraba, como Sebastián, su frasco; luego caía sentado, las manos en la cabeza, las rodillas separadas, y no pocas veces llegaba a aporrearse con los nudillos. Luego volvía a estremecer el suelo con sus saltos.

Tres tardes dominicales lo observó Sebastián sin atreverse siquiera a bailar junto a él, pero sin dejar de mirarlo, y las dos últimas descubrió que había sido reconocido. Cuando un notorio brillo en los ojos, casi una sonrisa, le dio valor, fue al bar por dos vodkas y le ofreció uno con un simple «¿quieres?», dicho como si le hubiera sobrado un vaso y le estorbara. El oso lo aceptó y le puso fin en dos largos tirones. Al terminar pronunció sus primeras palabras:

—Gracias. Me hacía falta…

Para sobresalto de Sebastián, el oso sugirió alejarse de las bocinas y se encaminó hacia la barra. Allí los errores gramaticales y el acento de Sebastián fueron evidentes. Que de dónde era. De México. Y qué hacía en París, «pues ya has venido otras semanas, no eres turista…»

Sebastián abrió la boca para decir: «Asisto a un seminario con Didier Anzieu, un estudio sobre las representaciones sociales en *Tintin* para mi doctorado…», pero respondió con tono seguro:

—Vine a comprar un tráiler.

—Ah, pero vamos, ¿un tráiler?

—Sí —dijo escuetamente Sebastián dando un sorbo lento a su vodka para encontrar la continuación—. Es que, verás… —y dio otro sorbo—, acabé con uno, pero el seguro lo pagó y vine a París a ver precios… sólo quiero el tractor.

—Y de paso, a bailar al Palace… —concluyó André con una sonora carcajada.

—Tienes razón: y de paso a bailar al Palace.

El hilo, el hilo… ¿dónde quedaba la punta? Ah, sí, en la carretera, la de Nogales. Iba corriendo demasiado por el desierto de Sonora, ya sabes, o no, no tienes por qué saber, es el norte de México, la frontera con Estados Unidos, los coyotes y los cactos… Eso de seguro sí lo sabes… Pues sí, te decía, era invierno y la carretera tenía hielo, nieve apisonada, ya sabes cómo se forma… y en una curva el doble remolque me ganó, las botellas que no se rompieron rodaron carretera abajo, me ocurrió el percance mientras entraba a un pueblo, así que allí podías ver a la gente corriendo tras la cerveza porque con los calorones de Sonora… digo, corrigió de prisa, era fines de enero y estaba helando, la sierra estaba nevada, pero qué quieres, la gente, con los calorones del verano, que allá son horribles, más de cuarenta, es muy cervecera todo el año; y pues ahí me tienes, dejando la carretera entre Hermosillo y… y Nogales, Arizona, regada de cerveza Corona, que es la que llevo, unas veces a Los Ángeles, otras hasta San Francisco; pero regularmente sólo a Nogales, Arizona.

Los ojos de André brillaban. Una sonrisa plácida le cubría el rostro satisfecho.

—Soy André Cadiou, un apellido bretón… —dijo extendiendo la mano—. ¿Y tú?

Sebastián dio un largo trago a su vodka, ese era el problema de no fumar: que no tenía esos preciosos segundos que se toma la gente para dar una lenta fumada antes de responder. ¿Vitteri? ¿Un apellido italiano para un camionero? A André no le hubiera extrañado lo más mínimo, pero Sebastián era mexicano y en los dos segundos escasos que tuvo para pensar imaginó que sonaría a apellido de sociólogo, para que lo llevara un chofer hubiera tenido que ser argentino. Ninguno de tales enlaces habría hecho un francés, pero Sebastián era mexicano así que un chofer debía llamarse…

—Fernández, Bruno Fernández.

Ya lo había dicho y era irremediable. ¿Por qué no Juan, Pedro, Antonio…? ¿Cómo se había colado allí ese pinche nombre, esa sombra de Italia? La traición del subconsciente que no sabe mentir.

Pero André aceptó el nombre como si hubiera escuchado Pedro Infante. Su mirada era de completo arrobamiento y cuando de mutuo acuerdo decidieron salir poco antes del cierre del Palace, Sebastián se sintió súbitamente elevado entre los brazos del oso y a la luz del sol de las nueve de la tarde, en plena esquina del boulevard Montmartre y la rue du Faubourg Montmartre, junto a la boca del metro para mayor precisión, sintió cómo André le daba un giro completo, pies al aire y todo, mientras lo besaba en los labios. Al posarlo de nuevo en tierra, André lo miró sonriente:

—¡Enrojeciste! ¡Bruno, enrojeciste! —y soltó una carcajada de oso.

—Ven —respondió Sebastián enrojeciendo aún más—, vamos a comer unas ostras con vino blanco.

A pocos pasos, un hombre con delantal de hule abría ostras en el exterior de un restorán de magnífico aspecto. Ya sentados a la mesa, contemplaron por la vitrina el lento desfile de los muchachos, todos en vaquero y camiseta blanca, recién salidos de la disco. Ninguno volteó a mirar siquiera el restorán.

—¿Y a dónde crees que vayan? —preguntó Sebastián poniendo media cucharada de vinagreta al echalote sobre una ostra ya arrancada de su pie.

—Al Manatáng, a dónde más.

—¿Al qué? —insistió con la boca llena de pan negro con mantequilla.

—Al Manatáng.

Pasaron algunos minutos antes de que se abriera paso en el entendimiento de Sebastián la traducción de aquella palabra rara, que casi sonaba Manató. Sonrió moviendo la cabeza.

—¿De qué se trata?

—De que hasta ahora comprendo lo que dijiste, el nombre del lugar: Manatáng.

Era muy simple: se trataba de Manhattan, Nueva York, pronunciado por un francés.

En el sótano del Manhattan goteaba de arriba el sudor y la respiración que se condensaban en las bóvedas oscuras, era imposible moverse si no era empujando la masa humana, descamisada y pegajosa. En una pequeñísima pista había que hacerse lugar para mover los brazos al bailar. Tras dos o tres canciones, André pidió subir al bar, apenas un poco más despejado.

—No se puede bailar y además no tocan *Sweet Dreams*...

Acodado en la barra, de lado porque de frente no le cabían los hombros, Sebastián se enteró de que André había terminado recientemente con un amante luego de una relación que había durado un par de años. Al ex no le gustaba bailar ni que André fuera al Palace, pero en cambio él si iba por las madrugadas al Canal.

—¿Qué Canal? —preguntó ingenuo Sebastián.

—El Canal Saint Martin, pero haz de cuenta que no oíste el nombre... No lo debes saber, no te conviene.

Subiendo por la rue de la Vieille du Temple, luego de bajarse del metro en Pont Marie e internarse por callejuelas oscuras del Marais que amenazaban con derrumbarse, llegaron al Central, un bar lleno de hombres menos jóvenes, en sus treintas y cuarentas quizá, con chamarra de cuero negro. Entraban secos y salían sudorosos de un silencioso cuarto oscuro del que no escapaba el menor ruido. Era el bar predilecto de André. Y su restorán predilecto no podía ser otro que *Le rendez-vous des camioneurs*, sobre la Isla, no lejos de Notre Dame.

La historia acerca del camionero le salió redonda a Sebastián porque la había ido afinando con decenas de repeticiones. En México iba los fines de semana a un tugurio gay espeluznante, apenas un rectángulo con barras de servicio en cada extremo, techo de gallinero y series de Navidad como luces de pista. Le gustaba el lugar por feo; otros tenían, como imaginaba el propietario que debía ser para clientela gay, mesas bajas con mantelitos color de rosa y moños en las esquinas. Hubo uno, el colmo, el Rose's Garden, cuya propietaria se llamaba Rosa, que por tener mucha altura pudo colgar medallones de rosas de plástico con un par de metros entre cada medallón y gruesos listones rosas, para sostenerlos. Claro: con un moño arriba de remate.

El bar Le Baron, con su falta de ortografía que ponía un impronunciable L'Baron y sombrero de copa, bastón y guantes blancos como logotipo sacado de las lociones Yardley, a la venta solas o en estuches para regalo que incluían jabón, al menos era horrible. Y siempre repleto. Con entrar, necesariamente a empujones, empezaba el baño turco. Sebastián era un buen maestro de Letras Italianas por unas tardes, en la UNAM; otras, corregía estilo y pruebas para una editorial. Y por la noche, los viernes o sábados, a veces ambos, se ponía pantalón vaquero gastado (cuando eso no se usaba) y una camiseta blanca de tirantes, delgada por el uso y las lavadas, algo desgarrada, y ya puesta, le pasaba grasa de zapatos negra. Mucha en las orillas de la camiseta bajo las axilas para que se vieran sucias, y, metiendo una estopa también grasienta en su bolsillo posterior, pero visible, colgando, salía al bar en espera de la infaltable pregunta:

—¿Por qué vienes así?

—Así cómo —preguntaba a su vez con amabilidad y aire de no haber entendido.

—Bueno... tu camiseta está rota... y manchada de...

—De grasa —completaba Sebastián para ayudar y no intimidar al prospecto—. Mira, trabajo para la Corona, la cerveza, ya sabes. Llevo un tráiler un par de veces al mes hasta Tijuana. Pero hoy, aquí a unas tres cuadras, junto a un parque grande, el de aquí junto...

—El Parque Hundido...

—Mira... pues ha de ser, porque sí está algo hundido, abajo del nivel de la calle... tuve un problemilla que creí poder arreglar, con... —y repasaba rápido partes de motores— con la flecha de la transmisión... Pasé toda la tarde debajo del tráiler... mira cómo me quedó la espalda... —y mostraba una espalda donde la grasa para zapatos había marcado los músculos en la camiseta—. Y todo para nada... se me oscureció y llamé a la compañía... que fue lo que debí haber hecho desde un principio... Luego, con la sed que traía se me antojaba una cervecita bien fría y vi la luz de este bar, así que entré...

—O sea... o sea... que ¿nunca habías venido?

—No, y ni siquiera lo había visto...

El otro apenas podía pronunciar un débil «ah» y permanecía pensativo. Sebastián adivinaba casi las palabras exactas que el recién conocido barajaba con afán. Y entonces lanzaba el anzuelo con la más suculenta carnada:

—Y… por cierto, ¿no se ven chavas, verdad? —y apretaba la botella como si se le fuera a escapar: sabía el efecto que producía en sus hombros, brazos y manos. Ahora es cuando viene «se ve que haces mucho ejercicio…» Te estás tardando…

—No, casi no vienen… Se ve que haces mucho ejercicio…

Sebastián no podía contener la carcajada…

—¡No hombre! ¡Qué va! Todo es nada más la chamba… —Y otro poco y hubiera roto la botella con el apretón.

—Tienes venas muy gruesas…

—Sí… soy el ideal de las enfermeras cuando me sacan sangre para análisis: «Si así fuera siempre de fácil», suspiran.

—¿Has estado enfermo?

«Cuidado, cuidado… no es por ahí, no lo asustes, se necesita un giro súbito», pensaba y ya estaba dando la solución:

—No, pero por si acaso, me hago un análisis cada año… tú sabes: gonorreas y sífilis de los que es mejor enterarse pronto… Pero nunca me ha aparecido nada.

Lo demás ya era rutina: «Mira, toca esta vena que hasta late un poquito...» Y luego la respuesta tras de una larga meditación y un trago largo a la cerveza, como el de quien se da valor... «Bueno... pues por qué no... Vamos...»

La primera vez que usó el procedimiento, propuso su casa, «está aquí a la vuelta, a dos cuadras»; pero, apenas había llegado a la esquina vio su error como en un relámpago: a la entrada un tapete persa bajo una mesita de recepción con una copia pequeña de *Il galata morente*: el galo moribundo: su preferida de entre todas las de la antigüedad por la extraordinaria cachondería del hombre herido, la modernidad del pelo revuelto y del bigote hacia abajo; pero no era lo peor, sino las hileras de libreros con dobles filas de libros porque hacía tiempo eran insuficientes los estantes. Vio con espanto su escritorio, con los sonetos de Miguel Ángel que estaba traduciendo del italiano, los sonetos a Cavalieri, el joven que acompañó los últimos años del genio; vio los diccionarios abiertos... Vio su maravillosa *Britannica* en treinta tomos, y la hilera de los *Great Books*: desde *La odisea* hasta Freud, pasando por Kepler y Hegel maravillosamente empastados... Galeradas de Leopardi tiradas por allí a medio corregir, literatura por todas partes. Un artículo de José Joaquín Blanco sobre el sillón y con subrayados en amarillo, *El vampiro*..., éxito reciente de Luis Zapata, con marca de lectura sobre la cama.

Recordó que Julio, con quien vivía desde cinco años atrás, había dejado, precisamente junto a la estatuita del galo, la selección de Kavafis traducida al francés por Marguerite Yourcenar: «Léame algunos, amorcito…», le había pedido antes de irse a Torreón por vacaciones. Y Sebastián le había leído «Loin», *Lejos*, por breve y emotivo. Y ahora Julio estaba lejos, en Torreón, pero el libraco allí seguía imprudente…

—Puta madre… —pensó y se le salió en un murmullo…

—¿Qué pasa?

—Que… bueno, espero no encontrar a mi amigo… Es que mira, yo vivo en Hermosillo —y trató de decir «Hermosío», pero casi le gana la risa, así que empleó el gesto que ya le distendía los labios y le cerraba los ojos, para menear la cabeza, dejar brotar la risa y concluir—: Un amigo, profesor, me presta su depa cuando vengo al DF, creo que enseña filosofía… o algo así, de eso yo no sé mucho. Mira que sería mala pata encontrarlo, ahora que me habías convencido…

Por supuesto, el profesor propietario del departamento no estaba. Y Sebastián ofrecía el regalo que le hubiera gustado recibir.

Cuando los enormes castaños de los parques comenzaron a mostrar bordes cafés en sus hojas, en agosto, invadió París una ola de calor desconocido que parecía llegar de África por lo seco y polvoriento. Sebastián no soportaba más su corazón; ver a André enamorado de un camionero mexicano llamado Bruno, era un dolor que le quitaba el sueño, así que, como todos los amantes cegados por el despecho, incapaces de ver la mirada del amado dirigirse hacia otra persona, decidió eliminar a su adversario, matar de una buena vez a Bruno.

—Has estado muy silencioso, Bruno.

La voz de André mostraba preocupación. Habían terminado de comer en el Rendez-vous des Camioneurs y tomaban café con calvadós. «*Le trou Normand*», el agujero normando, había dicho André levantando la copa y en referencia a que ese licor, hecho de manzanas en Normandía, tiene fama de abrir un agujero en el estómago y facilitar así la digestión. Eso dicen.

Cuando Sebastián avisó que «debía decir algo importante», André palideció: le pareció sentir el ala fría de la ruptura rozándole las cejas. Entonces un Sebastián implacable desmenuzó el nido amoroso construido con carreteras junto al océano Pacífico, con la frontera sur de Estados Unidos, con toneladas de cerveza regadas una tarde glacial de enero. Ayudado por la complicidad de Didier Anzieu, de *Tintin*, de sus profesores de doctorado en Saint Denis, Sebastián fue inexorable; no detuvieron su mano malhechora ni las suplicantes miradas de André ni sus silencios ante cada asalto y no se detuvo hasta asolar el lecho conyugal ajeno, el de Bruno.

André sonrió con tristeza y anunció que él también tenía algo importante que decir. Era una decisión largamente meditada y que finalmente había tomado un par de semanas atrás: tenía una oferta de trabajo en San Francisco y la había aceptado.

Sebastián se mostró alegre: en seis meses terminaría su *stage* y volvería a México.

—Estaremos mucho más cerca —proclamó.

Pero no lo estuvieron. André guardó en silencio su amor por Bruno y expresó una dilatada simpatía por Sebastián.

Cuando Sebastián lo visitó por primera vez en San Francisco, pasearon por Market y comieron en un restorán sin gracia ni gusto, elegido por André, sentados a la barra en bancos altos, frente a los cacharros grasientos. André pidió una cocacola y Sebastián se conformó con una cerveza cuando había fantaseado con langosta y champaña.

—La comida es igual aquí o en una mesa —afirmó André al descubrir las miradas fugaces de Sebastián hacia las muchas mesas disponibles—, y este lugar es tan bueno como cualquiera. En todas partes se come.

Un par de años después, volvió Sebastián. André lo había invitado con insistencia y lo esperaba, ansioso por verlo cuanto antes. Hasta fue al aeropuerto por él. Pero Sebastián no lo reconoció. Se preguntó durante unos segundos el motivo por el que un anciano de paso dificultoso le sonreía con tal insistencia. Luego, sobre aquellos rasgos angulosos y esa piel de cera, reconstruyó el rostro de su amigo.

A su regreso, Sebastián dio en llamar con alguna frecuencia a André. Siempre lo encontraba en casa porque ya no podía salir a trabajar. Y en alguna ocasión el teléfono sonó y sonó. Sebastián intentó comunicarse más tarde y el resultado fue el mismo. Al día siguiente, igual. A la siguiente semana contestó quien dijo ser el dueño de la casa, una idéntica a todas las que llenan los suburbios, con su verja blanca de tablas y su cochera al lado. Informó que había acompañado a André hasta el final, pues no era un casero, sino además un amigo. Que André había intentado volver a Francia, a la Bretaña de sus padres, pero el intento había fracasado «porque sus amigos están aquí».

Sebastián vio la tarde en que mató a Bruno, y le encontró forma de cruce de caminos.

INDIGNACIÓN ANTE LA INJUSTICIA

Llegó al cine temblando. La noche era fría, pero temblaba desde que imaginó su salida: arrojó la trusa y los calcetines al suelo y metió las piernas en un pantalón delgado, caqui, de corte vaquero, una talla menor, que le hacía los muslos gruesos; sin cartera ni cinto ni mucho dinero. Entre los dedos de los pies se metió unas sandalias de hule, de las que llamaban japonesas y sólo se empleaban para ir a baños públicos. Arrojó también, sobre la cama, la camiseta que se había puesto y sacó una chamarra, verde y corta, caliente, porque no llevaría nada más y era una noche de noviembre. Así entró al enorme cine, temblando pasó el lunetario y subió a la primera galería. Nadie. Apenas una pareja de novios abrazados en los asientos del centro. Bajó de nuevo al lunetario. Recorrió el pasillo sin que ninguna cabeza desviara su atención de la cinta donde unos niños huyen de la escuela para irse a la matiné. Miró un momento la pantalla, recargado en el muro bajo que forma el pasillo distribuidor a la entrada de la sala. No se acercó nadie. Los sentados en la fila pegada al muro eran parejas mayores, dos o tres. Se recargó junto a las pesadas cortinas de la entrada. «Aquí fue donde conocí al albañil.» se dijo y, como aquella vez, se quitó la chamarra. Con el torso por completo desnudo y una erección inicial imaginó aquella mano rasposa que, saliendo detrás de la cortina, había comenzado a recorrerle la espalda, primero como un toque al azar, luego plantando la mano, después los labios. Y con los labios había ido de un hombro al otro, luego hacia abajo por toda la espalda. Olía a mezcal, a borrachera larga, pero a Joel no le molestaba. Lo imaginó bajito porque no le alcanza a besar el cuello. Volteó. Sí, era bajito y ya había dejado su refugio entre la cortina. Le pasó las manos a Joel por la cintura. «Haces ejercicio», murmuró al seguirle los músculos oblicuos hasta el botón de la bragueta. Lo desabotonó y bajó hasta donde el pantalón ajustado le permitía. «No traes calzones», volvió a murmurar pero con un temblor en la voz. «Vamos debajo de la escalera». Joel lo siguió. Bajo las escaleras se abría una puertecita no más alta que un metro, apenas lo que parecía una rejilla de ventilación. La abrió y penetró con rapidez. Su mano salió de la oscuridad para indicarle a Joel que hiciera lo mismo. Entró y cerró la rejilla. En el interior el techo subía inclinado, era la inclinación de la escalera vista por abajo. Había algunos útiles de limpieza, baldes, trapeadores, arrinconados en un extremo. Supo que era albañil por la gorra de beisbol con salpicaduras de cal y la bolsa de plástico donde asomaba una escuadra metálica y un rollo de hilaza. Se aproximó con su agradable aliento a mezcal y le pasó las manos rasposas por los costados. «Qué suavecito eres», dijo mientras volvía a pasarle la lengua por el pecho, «estaba esperando a mi novia, pero no llegó». «Te gustan las mujeres...» «Sí, pero tú también... encuérate todo.» Joel obedeció en un instante porque ya sólo llevaba el pantalón y las sandalias. Con ambas manos lo puso de espaldas y volvió a deslizar su lengua desde los hombros hasta la raya de las nalgas. Lo empujó con suavidad para que se inclinara. «No», avisó Joel. «¿No quieres?» «Sí, pero así no. Quiero que me cojas como a tu novia, de frente». «¿En el suelo?» «En el suelo.» Y se acostó de espaldas sobre el cemento helado, abriendo las piernas y poniéndole los talones sobre los hombros. El chaparrito puso a un lado su bolsa de instrumentos y se recostó con dificultad sobre Joel. Permaneció quieto, con los muslos de Joel en torno a su cintura. «Qué, ¿se te quitaron las ganas?» No respondió, pero un movimiento súbito hizo saltar a Joel hasta el extremo opuesto, arrojando el peso que tenía encima como si no hubiera sido el de un hombre, y lo vio vomitar un líquido claro, incoloro, de escaso olor, alcohol puro, que comenzó a correr hacia la puerta. Antes de que la alcanzara ya Joel la abría, con los pantalones sin abotonar, chamarra y sandalias en la mano. No había nadie afuera y subió, riendo, a la primera galería.

El recuerdo le produjo respiración alterada. Salió buscando la rejilla bajo la escalera. La vio y dijo en voz baja; «Allí me cogió un albañil... o casi.» Luego la soledad le dio alas y repitió en voz alta, audible:

—Allí me cogió un albañil.

Miró a su alrededor. Nadie. Y repitió más alto aún:

—Allí me cogió un albañil.

Subió a los baños, una sala enorme llena de mingitorios en una pared y de escusados en la opuesta. Revisó las que tenían pestillo y escogió la que cerraba mejor. Colgó la chamarra y ya sentado abrió una rendija. Estaba desnudo desde los tobillos hasta los hombros. Llegó alguien a orinar y se tardó. Mirando a un lado y a otro descubrió la rendija y los ojos que lo veían. Se mostró más y dejó saber que lo hacía a propósito, pero Joel no tuvo ningún interés. Así permanecieron varios minutos hasta que otro hombre se instaló en el siguiente mingitorio. Luego éste último se dirigió al escusado en el que Joel había abierto un poco más la rendija y abrió de un golpe.

—Está ocupado.

El hombre no se disculpó. Era de baja estatura, pero de hombros muy anchos y una mandíbula recta donde apenas despuntaba una barba rojiza; entre los bigotes castaños, de verdad hermosos bigotes, mordía un cigarrillo sin encender. Volvió al mingitorio y se abrió la bragueta. Joel se ponía de pie, apresurándose a salir para instalarse a su lado y resultar el preferido, cuando escuchó una voz brusca.

—¿Qué tanto haces?

—Nada, estoy orinando.

—Llevas diez minutos haciendo que meas, crees que nadie te ve, pero mira —y señaló uno de los espejos a la entrada—, desde allí estoy en guardia. Ven.

Salieron del campo de visión de Joel, hacia la puerta, y se detuvieron. Se oían sus voces, pero Joel apenas conseguía descifrar incoherencias: yo no... aquí... quién... no, no... Decidió esperar un par de minutos y luego salir con paso mesurado. Pero no alcanzó a hacerlo porque el hombre volvió a abrirle la puerta del escusado y ordenó:

—¡Sal de allí!

Junto al espejo con lavabos lo esperaba. Hizo señal de silencio con un dedo en los labios, un dedo grueso, unos labios llenos. Era un poco más bajo que Joel, llevaba la camisa abierta, con gruesos rizos castaños asomándose por encima de la tela y una esclava de oro se le enredaba entre el vello del antebrazo izquierdo. El cigarrillo, en esa mano, todavía sin encender.

—No quiero escándalos, más les vale a los dos...

—Nadie está haciendo un escándalo —respondió Joel con firmeza, pero los vellos de pecho y antebrazos le jalaban los ojos.

—Digo por si lo piensas hacer... ¿qué estaban haciendo?

—Quiénes «estaban...»

—Los dos. ¿Tienes fuego?

—No. A él lo estoy viendo por primera vez y creo que estaba en un mingitorio, si acaso es a quien vi cuando usted abrió mi puerta.

—Ah, vaya. Así que nos vamos a hacer pendejos...

Dos jóvenes llegaron hasta la puerta, miraron con cierto azoro y dudaron en seguir.

—¡Fuera! ¡Fuera! ¿No ven que hay un «operativo»?

Dieron medio vuelta y escaparon rumbo a la escalera.

—¿Por qué estabas encuerado? —preguntó a Joel.

—No estaba encuerado —respondió con voz fría.

—¿Que no? Cuando te abrí la puerta no tenías nada puesto.

—Tenía los pantalones bajados porque estaba sentado en el escusado... lo que hace cualquiera —añadió con timidez.

—Encima no tenías nada.

—Colgué la chamarra para poderme sentar. El gancho está para eso, digo, es incómodo sentarse con saco o chamarra.

—¿Y la camisa?

—No traigo.

—¿Andas siempre sin camisa por la calle?

—Hoy no tenía ninguna limpia y traigo la chamarra cerrada.

—A ver… quítatela otra vez…

Joel obedeció sonrojado.

—Bájate los pantalones…

Se los bajó en exceso, hasta los tobillos, mirando los ojos verdes del policía, sus tupidas pestañas oscuras, sus cejas acordonadas. «Qué belleza», alcanzó a pensar antes de oír la siguiente orden:

—Date vuelta —arrojó el cigarrillo a un cesto.

Se dio vuelta y le quedó de espaldas.

—Empínate un poco… quiero ver si traes droga escondida en el culo.

Joel obedeció aún más sonrojado y esperó, deseó, deseó intensamente, con toda su calentura, oír un ruido de zíper que baja, sentir unas manos con esclava de oro tomándolo por la cadera para aproximarlo, el calor de un hombre sobre la espalda desnuda y tibia a pesar del aire frío; deseó todo en pocos segundos; lo quiso de frente para poder mirarle esos ojos, esas pestañas, besarlo, si él quería, que casi nunca quieren; para poder estar de frente tendría que quitarse por completo el pantalón, sentarse en el borde de los lavabos, abrir las piernas, mirar en el espejo de enfrente la escena repetida hasta el infinito de un espejo al otro, de espaldas una vez, de frente la otra, de espaldas, de frente, para toda la vida, para cuando él quiera, para cuando me lo ordene, se dijo, siempre aquí, entre los espejos. Qué guapo, qué guapo, qué guapo. Era el cumplimiento de su más sagrada fantasía. Ante el silencio del agente, Joel deslizó una ojeada hacia atrás. Le estaba mirando las nalgas mientras se acariciaba el bigote suave. Pensó en dar un paso hacia atrás, hacia él, hasta ponerse contra su bragueta cerrada. Mientras lo dudaba oyó la orden:

—Ya puedes subirte el pantalón —dijo una voz alterada, la de alguien que quizás había esperado un gesto, una señal, un indicio; la voz de quien no desea equivocarse y aún duda y la duda no se despeja y prefiere ordenar, con voz alterada—: Ya puedes subirte el pantalón.

Joel se lo subió con lentitud abatida y se volvió de frente, mirando al policía a los ojos verdes, a las pestañas rizadas, a la sombra de barba que hubiera debido estar acariciando en ese momento.

—Pues mira, colega. Ni pedo. Te atrapé.

—¿Colega?

—Colega, claro, Eres de Caminos...

—¿Policía de Caminos? —insistió Joel con un hilo de voz.

—O qué, ¿eso también me lo vas a negar?

—Y cómo... —se interrumpió una voz desolada.

—Cómo no se te va a notar, mira: el cuerpo, los

músculos, el pelo tan corto, el pantalón caqui, la chamarra verde… nomás le quitaste los galones, cabroncito. Y bueno, pues ni modo, qué le vamos a hacer, eres de Caminos… y además eres puto. Y yo te encontré en acción…

Entonces la sangre le hirvió a Joel.

—¡En cuál acción! ¡Este señor estaba a veinte metros de mí, él enfrente y yo en un escusado, solo, con la puerta cerrada…!

—Entonces ya lo habías visto —dijo con tono socarrón. Luego revisó al otro sin misericordia y añadió—: pero, claro, colega, no te gustó, estabas esperando otro. Pero en eso llegué y los atrapé en acción.

—¡Usted me insulta! —dijo un todo-ciudadano-al-cien-por-ciento—. ¡Usted no nos atrapó en acción!

Joel suplicaba por dentro, lloraba enmedio de un corazón desolado, quería implorar «solamente no digas esa mentira», «solamente no añadas que ya estábamos en acción porque no es verdad, no lo es, no estábamos haciendo nada», «retira esa expresión, esa sola, y desnúdame otra vez y hazme para siempre tu amante más fiel, te haré huevos estrellados por la mañana, luego de dormir abrazado a ti, perfumado por el aroma de tu piel, ese que me está llegando ahora mismo a través de tu camisa entreabierta, suave, cálido, dulzón, sudor reciente, almizcle, últimos restos de loción… Yardley… sí, Yardley maderas, y sudor, sudor; entraré a la Policía de Caminos y me cogerás encima de una patrulla, en el campo, en una calle oscura, en un baldío, soy tuyo para siempre, eres el hombre más hermoso que he visto, mira, mira qué cejas, qué labios rojos, qué dientes perfectos. ¡Puta madre! ¡Pídeme todo lo que quieras: dinero, mantenerte, un salario mensual, un coche! ¡Belleza suprema! Pero no digas que estábamos haciendo lo que no estábamos haciendo.» Pero Joel únicamente dijo:

—Cuando usted abrió mi puerta, me encontró solo. Eso no lo podrá negar.

—Yo sé bien en lo que andabas, colega puto, y ni modo. Ahorita nos vamos porque abajo está una patrulla. Síganme los dos y no intenten escapar porque, miren... —se levantó la camisa y mostró una pistola escuadra— no llegan a la esquina.

Hizo una señal al portero del cine y salió con sus dos detenidos. Pero, como bien sabía Joel, afuera no había ninguna patrulla. Caminaron una cuadra y dieron vuelta en un callejón oscuro. Un sitio de camionetas de carga y un alero dejaban la acera por completo en sombra aunque en las esquinas había luces encendidas. Joel miró un resquicio amplio entre las camionetas: «Aquí cabríamos los tres». Hizo lento el paso, ensayó su confesión: «Mira, tienes razón, aunque no estábamos haciendo nada te admito ahora que nunca me había gustado tanto un hombre como me gustas tú, pídeme otra vez que me baje el pantalón y me dé vuelta, míramelas otra vez con esa misma expresión, aquí nadie te descubrirá, aquí harás lo que estuviste deseando.» El policía se llevó dos dedos a la boca y soltó un fuerte silbido. Una patrulla se detuvo al otro lado de la calle sin que Joel la hubiera visto aproximarse. El policía metió la cabeza por la ventanilla y habló largo rato con el par de patrulleros, señalando a los detenidos. Los patrulleros los miraban con sorpresa.

—¡Suban! —gritó con la portezuela abierta.

Joel imaginó que sería todavía mejor: el guapo y los dos patrulleros, uno gordo y alto, otro chaparro y feo. Pero, con una última mirada entre las pestañas rizadas, cerró la portezuela por fuera y no subió. La patrulla fue dando rodeos por calles sin un alma, ni un perro, hasta llegar a una estación de policía cercana, con un amplio estacionamiento oscuro.

—Bajen —ordenó el gordo y alto—. A ver, tú —se dirigía a Joel—, bájate los pantalones... date vuelta... pues es verdad... no traes calzones...

—¿Y eso es un delito? —respondió el ciudadano modelo que habría aceptado dos feos a cambio de un guapo, y sobre todo en un estacionamiento de policía, encima de una patrulla con el motor caliente.

—No, no es siquiera falta, nomás quería constatar lo que nos dijo aquél... —se sobó ligeramente la bragueta y Joel se dijo «comenzamos»—. Puedes irte.

Tras esa sorpresiva orden, los dos policías se dieron vuelta y se encaminaron a una escalinata iluminada, rumbo al edificio.

Joel tomó un taxi y volvió ardiendo al cine. Desde lejos vio la marquesina apagada, pero insistió en llegar y, corriendo hasta el vestíbulo, meter las manos dolidas entre la persiana de metal recién bajada.

LA PRINCESA Y D'ANNUNZIO

¿Qué se le lleva a una amiga condesa y anciana que nos invita a tomar té aclarando «y no te invito a almorzar porque no tengo cocinera»? Una mañana completa debe estar uno en esas cavilaciones. Finalmente, en la herboristería detrás del Palacio Real, la solución discreta, gentil, sin los excesos del ramo de flores ni el peso de la canasta de frutas ni los riesgos del pastel o de los chocolates: una bolsita de rosas secas de Marruecos para aromar el ambiente. «No las vaya usted a mezclar con el té, querida señora».

Entro a su cocina disculpándome desde afuera por hacerlo, pero lleva rato afanada con menesteres y cacharros. «Gracias por no olvidarme», dice con ese ligero reproche al mundo usual en las personas mayores y solas.

Está con la condesa una mujer madura, francesa residente en Capri, que pronto hace temer una tarde plomiza: «Los extranjeros van a devorarnos. Todo el sur se ha llenado de alemanes, París es árabe, los negros llegan sin parar ¡y este gobierno que no hace nada!».

Frente al balcón de la sala en tonos morados asoma «el árbol más bello de París», al decir de la condesa: un enorme castaño salvado por nuestra anfitriona de la sierra y de la obsesión francesa por hacer cuadrados los árboles. Cuando las brigadas de jardineros mecanizados desembarcaron, unos años atrás, dispuestos a podar tanta rama sobrante, la condesa bajó hecha una borrasca de bastonazos. Los trabajadores se guarecieron del temporal en su camiones y volvieron a sus bases cuando el ciclón de sangre mexicana se estacionó junto a su amado árbol. Porque es de origen mexicano y el título le viene por su marido, aunque, como ella dice: La familia ha tenido un pie en Francia y otro en México. Su español es mexicano y perfecto, excepto por la letra erre, que le sale francesa. Pasado el riesgo de la tala, la buena condesa subió a escribir cartas al presidente de Francia y al alcalde de París en amparo del gran castaño.

La francesa de Capri continuaba su listado de atrocidades yendo y viniendo al salón con tazas y platitos. Dudé en bromear sobre el seguro disgusto de los italianos, quienes quizá también se quejaban de que Capri se estuviera llenando de franceses: Si los alemanes huyen de su frío al Mediterráneo francés, los parisinos optan por Capri, a lo que veo… habría dicho, pero la expresión de la dama me contuvo. Nos sentamos y la condesa llenó lentamente las tazas, pasándolas a cada uno mientras preguntaba a su amiga si camino de París se había detenido en Roma. Que sí, un par de días, dijo, y no sin visitar el Vaticano, como siempre, con tal suerte que esa mañana tuvo lugar una misa celebrada por el cardenal Tal y un largo cortejo de obispos.

Fue mi turno de hacer un comentario amable. Ya que no había lanzado aquella broma que hubiera podido ser mal recibida, relaté la apertura del Año Santo: el papa Paulo VI golpeando con un martillito de plata la puerta cerrada, la puerta abriéndose como en las Posadas mexicanas y la multitud entrando, sin cantar «Entren santos peregrinos, peregrinos...», aunque sí entre coros y música de órganos, a San Pedro iluminado en todas sus barrocas combinaciones de mármoles verdes, rojos, sepias, blancos, ocres, sienas, maravillosos, en el piso mosaicos de enorme complejidad empleando todos los colores de los mármoles y toda la flora geométrica del Renacimiento. Encima había pasado el desfile de cardenales con sus zapatillas rojas, de raso con bordados de oro, sus sotanas rojas de largas colas y los gruesos encajes blancos en los sobrepellices, las manitas manicuradas unidas en actitud de recogimiento que no va para nada con tantos oros y luces.

Mi amiga se acariciaba un largo collar de grandes perlas, escuchándome. Y en ese punto de las zapatillas de raso asomando bajo los pliegues purpúreos y los contornos de armiño, ¿o fue cuando describí los laboriosos encajes de Bruselas?, afirmó dirigiéndose a la francesa de Capri: «*Comme vous savez, chère Lucette, au Vatican tous sont de pédés.*» Lo cual sin duda alguna se traduce por: Como usted sabe, querida Lucette, en el Vaticano todos son maricones».

La francesa de Capri abrió sus grandes ojos azules y la falda Nina Ricci de lana otoñal le saltó la línea recatada de las rodillas. «*Ah, oui?*», musitó conteniendo una sonrisa frígida y esperando a que la anciana continuara su obviamente inconclusa reflexión. «Sí. Todo el mundo lo sabe. Es sólo un hecho», concluyó tranquilamente la condesa como si hubiera hablado del mal clima de Londres y no hiciera falta justificar la intempestiva tesis. Sentada en su sillón morado, el color que dominaba en toda la estancia, incluidos los cuadros, uno de ellos mexicano con una jacaranda en flor, acarició su largo collar con una mano mientras con la otra, adornada con un gran anillo de oro blanco y brillantes, cortaba un trozo de pastel que me ofreció sólo a mí.

Comencé a intuir los motivos de la condesa para hacerme tan extraña invitación: tomar el té con dos señoras: no soportaba mucho a su amiga. Digo, quizás...

Se me cruzó el mal pensamiento de recordar los reportajes que había sacado el periódico satírico *Le Canard enchaîné* sobre el papa, a quien, nomás para comenzar, llamaba l*a Paulette*. Se referían a la fama que había dejado el papa Montini, hasta su elección por el Espíritu Santo cardenal arzobispo de Milán: que había correteado tras guapitos seminaristas, algunos monaguillos y no pocos milaneses pobretones urgidos de un ingreso extra para la cena de fettuccine abundantes. Pero no me atreví. Menos aún a recordar la abominable caricatura de primera plana en el Canard: el papa inclinado sobre la barandilla de su balcón, en apariencia para bendecir a la multitud, en realidad para ponerse de modo que el guardia suizo a sus espaldas le subiera la blanca sotana y le metiera un pitote mientras hacía bizco y sacaba la lengua. Me abstuve, pero creo que sí mencioné que al papa lo elegían bajo los grandiosos murales de la Sixtina, pintados por un homosexual, Miguel Ángel, que había dedicado sonetos de amor a su joven novio. La francesa de Capri aún se retorcía como toro recién banderilleado que se sacude para arrancarse el estorbo. Eso no me detuvo, sino la posibilidad de que la anfitriona entrara al quite a favor de su amiga y con eso yo arruinara su acción de segundo tercio. Se hizo un silencio donde se escuchó el remover de las cucharillas de plata.

Y de pronto, en aquella atmósfera lila y gris, terrosa como la luz del naciente otoño, surgió la flor translúcida e inesperada: la historia de la princesa y D'Annunzio.

«Como todo el mundo sabe», comienza la bella anciana olvidando por completo al Vaticano y sus maricones, mientras nos tiende con su mano cruzada de finas venas azules un platito de turrones verdes, «D'Annunzio era un mujeriego. Tenía ante las mujeres un atractivo totalmente incomprensible porque era chaparro, feo y malo. Mi marido y yo... él era italiano, vivíamos en Roma, aclara sólo para mí... Hum, la mujer de D'Annunzio era buena amiga mía, la pobre... y todos estábamos al tanto de lo que era su vida conyugal».

Entonces aparece la princesa, a quien seguramente por error la anciana llama *Principessa da Rimini*, como Francesca. Se conocieron la princesa y el renombrado escritor montando a caballo una mañana en el Pincio. Pasa luego nuestra anfitriona a describir la singular hermosura de la *principessa*, a quien sigue llamando da Rimini, sus cabellos rojizos, sus colores y formas, su elegancia etérea, su talle de humo. Es la Roma fascista, Mussolini, el conde Ciano, los grandes desfiles militares, el nuevo estilo arquitectónico, las fiestas en los palacios donde los hombres discuten si habrá guerra y las mujeres se apartan en busca de otra copa. La princesa abandona marido e hijos para seguir al chaparro, feo y malo. El escándalo entre los amigos, la perdición y la vergüenza de la princesa, su valentía, su enfrentamiento con la familia y la nobleza, la pérdida de los hijos. Todo, todo por aquel malvado, el más famoso escritor de Italia durante los treinta primeros años del siglo. Gabriel d'Annunzio, como era su condición aérea, porfiaba para obtener y luego olvidaba. Todo el mundo lo sabía. Así que al cabo de un año, como había hecho con otras mujeres, dio por terminado, fríamente, su romance con la desesperada princesa. Entonces su confesor le señaló a la abandonada que ningún hombre podría sustituir a Gabriel d'Annunzio: «Después de D'Annunzio... únicamente está Dios».

«Por supuesto, no hubo un solo convento en Italia que la recibiera», comenta la condesa hundida en su gran sofá morado y con una mano huesuda sobre el collar. «Pero, señora, todos saben que usted es la princesa da Rimini, madre y esposa de éste y aquél, hermana de tal príncipe y cuñada de tal conde. No puede usted meterse a un convento, sería aún mayor el escándalo que el ya producido.» El confesor le recomendó ir a Francia, un país más liberal en materia religiosa. Allí finalmente fue admitida en un convento cercano a París en donde pasó años rogando a Dios que le permitiera olvidar a D'Annunzio. Una verdadera lástima que ya Visconti se nos hubiera muerto sin filmar una historia donde se encontraban la pasión, el egoísmo, la Roma fascista, la nobleza de los años treinta, la fama, el claustro y otros elementos siempre cinematográficos.

Pero no acababa allí la historia que había transformado aquella reunión de tan amenazante inicio. «Ya tenía yo muchos años de residir en París, cuando un día leí que en el convento de Tal había muerto una piadosa mujer en olor de santidad y que se daría un sermón en Saint Germain des Prés acerca de su vida ejemplar. Se trataba de la princesa da Rimini. Fui a Saint Germain y escuché con asombro de boca del cura una historia absolutamente anodina sobre una mujer que había rezado mucho, lo cual francamente a nadie le importa. Y sobre D'Annunzio ni una sola palabra».

En efecto, a nadie le importa la muerte de una mujer piadosa. Nos conmueven el arrebato de la pasión y el dolor del desprecio. La memoria de la condesa, por su edad, debió de flaquear cuando dio a la princesa el nombre de otra mujer desgraciada, Francesca, amante de su hermano Paolo, inmortalizada por Dante en el Infierno de su Comedia.

Al salir, el árbol más bello de París, el castaño de la condesa, soltaba sus grandes hojas doradas, inconmovible, ajeno a sí mismo, como el mar.

Y AHORA LA EXTRAÑAN...

Era un escándalo que iba de boca en boca entre la servidumbre femenina, pasaba por alguna enfermera, salpicaba a alguna señora por descuido del joven: el repartidor del agua purificada, en cuanto las encontraba solas a la hora de surtir, se la sacaba sopesándola en oferta a veces silenciosa, otras acompañada de candentes palabras. También señalaban las ofendidas que, la verdad... era magnífica: una columna maciza, grande, pesada y gruesa. Y muy venosa, añadió alguna en cierta ocasión.

Consultaron entre sí y resolvieron que, dada la situación socioeconómica por la que cruza el país desde hace dos años... desde hace diez, corrigió una... desde hace treinta, concluyó la más mayor, no era el momento de denunciarlo y enviarlo así a incrementar las gruesas filas del desempleo. «Capaz y se convierte en ratero», concluyeron. Además, abundaron en la justificación, a ninguna ha violado.

Lo más grave había sido cuando se desnudó por completo. Sabía que la patrona del pequeño departamento no llegaría hasta la noche y que la encargada de la limpieza, en ese momento barriendo la acera, subiría al terminar su faena. Así pues, tuvo tiempo de colocar el garrafón, abrirlo como cortesía de la casa, desnudarse y provocarse una erección formidable. Logró el exacto *timing* para que estuviera en todo su esplendor cuando ella abrió la puerta, pegó un grito agudo y corrió escaleras abajo. Él se vistió humildemente, doblegó con trabajo su estupendo instrumento y salió con atisbo avergonzado. Ella lo amenazó con acusarlo, pero no lo hizo, como queda dicho, por razones políticas y sociales, además de humanitarias. Pero la delató su temor: es que, mire usted, capaz y que con *eso* hasta me sangra... Además, caviló, no me gustan los gordos.

Todas acordaron no recibirlo cuando se encontraran solas. Alguna urdió una mejor estratagema y la propuso: hablar desde la cocina con un patrón ficticio que no respondería a la pregunta acerca del cambio para pagar el agua. Se volvió precavido y silencioso. Pero relapso. El proceso de llenado venoso era tan rápido, o tan permanente, que en muchas ocasiones, al encontrarlas en la calle, frenaba el camión, abría portezuela y portañuela casi simultáneamente y aparecía ya en plena floración el majestuoso objeto de las conversaciones y los cálculos.

La sorpresa se volvió costumbre, las preguntas desde la cocina dirigidas a otros moradores del hogar alejaron las apariciones o las sustituyeron por inocuos bamboleos de un objeto en la pernera izquierda del pantalón deslavado, algo que no era la pierna. Así con los meses volvió la calma.

Hasta que un día recomenzaron las murmuraciones y se propagó un nuevo escándalo: el agua la repartía un señor amable y de provecto aire, digno de la pensión de sus nietos y de una mecedora en el portal. La primera ocasión pareció que no había motivo para alarmarse: todo el mundo tiene vacaciones, quizá hasta algún malestar o una cruda formidable. Corrió la especie de una persona atropellada en la avenida cercana por un camión repartidor. Quién más, sino él, por ir mirando a donde no debía, fue la fácil conclusión de todas. Luego se supo que el agua era de otra marca. Cundió el alivio. No, no estaba en la cárcel donde, con certeza, iba a tener lleno su carnet de solicitudes. La zozobra creció y a la tercera o cuarta semana las más atrevidas sacaron conversación al nuevo repartidor y obtuvieron una respuesta breve, gentil y absolutamente desoladora: lo habían cambiado de ruta. Y pues, lo que son las cosas, ahora resulta que la extrañan.

PASIFAE

Afirma Ovidio que Pasifae, esposa del rey Minos, civilizador de Creta y conspicuo por su justo gobierno y su pederastia, se enamoró insensatamente de un hermoso toro blanco y de esa infamante relación, oprobio para la casa de un príncipe, nació un monstruo medio hombre y medio toro. Otros autores avisan detalles escabrosos, como la construcción de una vaca de madera cubierta de piel para engañar al toro, y, debe suponerse, proteger a Pasifae del peso, media tonelada o más, que iba a tener encima para dar satisfacción a su lujuria, que Ovidio *et alii* llaman amor con un palmario eufemismo. Así descubrimos un inesperado pudor aun en nuestros clásicos, tan tildados de viciosos.

Lo cierto es que Pasifae enardeció de lascivia al imaginarse montada y penetrada por un toro. Unos dicen que ese apetito fue castigo de Poseidón porque, habiendo regalado el toro blanco a Minos para ser devuelto en sacrificio, el rey, impresionado por la belleza del animal que había llegado nadando a la playa, decidió conservarlo en su ganado y sacrificar uno distinto, magnífico, pero no el enviado por Poseidón; otros atribuyen la súbita pasión de la reina a un castigo de Afrodita, pues Pasifae había olvidado por varios años hacer sacrificios propiciatorios a la diosa. Haya sido el dios marino o la deidad espumosa, a la lujuria bestial debió preceder un proceso lento de creciente insatisfacción. Quien haya visto bramar al toro que olfatea la vaca en celo y cómo al montarla emerge de su funda un rojo amasijo de tendones y venas tan grande como el antebrazo y el puño de un hombre alto y corpulento, supondrá que Pasifae habría terminado su anomalía eviscerada. Así que, sin premeditación, se fue preparando para el supremo acto de concupiscencia.

Comenzó en la cuna, rozando con sus deditos los rosáceos labios de su vulva hinchada, prominente, buscando un plieguecito que se le ponía duro. Creció sin dejar de practicar a todas horas aquella investigación de sus membranas. Se detenía en su interior húmedo, al tocar una resistencia advertida al introducir sus dedos, ya dos y con uñas muy bien recortadas. Allí dolía un poco y se atemorizaba. Luego, ya siendo un poco mayor, sedujo al jefe de jardineros preguntándole qué era ese gusanito rojizo que se le asomaba por encima de la ranura de donde salía la orina, una ranura bordeada por dos gruesos montículos carnosos, aún sin el menor rastro de vello, limpios pero enrojecidos. Él no entendió, o le produjo terror lo que había entendido, y entonces la niña le mostró su clítoris en erección, su vulva en celo. Allí mismo, sin más embozo que la suerte de que nadie se acercara, a la luz del sol y sobre la tierra preparada con cuidado para los arcos de jazmín ordenados por su madre Persis, Pasifae tuvo por primera vez un hombre encima antes de ser púber, un hombre enloquecido que arriesgaba la vida, la cabeza, la tortura, la previa emasculación, el empalamiento, y ni siquiera lo había pensado. La niña sintió que él alcanzaba hasta donde ella había detenido sus dedos infantiles tantas veces, apareció el conocido y ligero dolor, ahora mezclado de placer, pero el hombre la tomó por las rodillas, se las dobló hacia el pecho, luego las abrió, separando los muslos, y rompió la resistencia al mismo tiempo que eyaculaba sobre unas gotas de sangre. Los jardineros eran una treintena y en una semana todos habían llevado a Pasifae hacia rumbos menos asequibles. Cuando Pasifae ya conocía los gruñidos de uno, los gemidos de otro, el pertinaz silencio de otro más que sólo mostraba en las venas del cuello el aviso de que iba a sentir sus descargas calientes en el interior, les pidió que corrieran la voz y pronto no hubo joven, maduro ni viejo en Knosós que no hubiera penetrado a Pasifae.

Los dioses la maldijeron con una esterilidad bendita hasta su matrimonio con Minos. Dos o tres veces a la semana, en ocasiones dos o tres veces al día si la lista de espera se alargaba, un grupo de hombres montaba a Pasifae en posición de perra lejos del palacio, por donde los jardines comenzaban a ser agreste fronda. Sus hombres pasaron de la lujuria a la curiosidad: querían ver a otros mientras la montaban, oírla gritar de placer, pedir otro más cuando uno eyaculaba, y otro y otro, hasta que la nueva introducción expulsaba la leche de muchos toros. Comenzaron a buscarle en las cercanías a los dotados de mejores armas. Cuando sabían de un fornido muchachote a quien sus compañeros de palestra, de baño en el río apodaran *el Burro* iban enseguida a invitarlo y lo presentaban a Pasifae con los cabellos perfumados y el cuerpo lavado con aceite. Luego se agolpaban para verlo accionar, encima de Pasifae en cuatro patas, hasta dejarle la vulva sanguinolenta.

Comenzaron a llegar de más lejos. Uno de la lejana isla de Kos, campeón de su pueblo y de las vecinas Nísiros, Tilos y la pequeña Jalki; un sacerdote de Dilos, emblemático en la procesión de Falo; un viejo luchador de Ikaria, de arma no tan larga pero con el grosor de un puño de Pasifae, por lo mismo casi virgen, pues pocas se atrevían a facilitar la entrada con una poca de miel espesa, como hizo Pasifae antes de colocarse a cuatro patas y resistir su embate; un nubio de paso al santuario de Thira, al que curiosamente la base duplicaba la punta, así que abría y abría sin cesar mientras penetraba; un pastor de la desolada Giaros, acusado de haber matado una oveja al penetrarla y a quien su amo pagó el viaje a Creta para solicitar del rubio Apolo en Dilos un incremento siquiera a la mitad; montañeses de Psiloritis y de Lefká Ori, los montes de piedra blanca, de tan difícil acceso que apestosos a cabra y oveja llegaban sobre la espuma de Afrodita, temerosos de Poseidón, rodeando la isla en cóncavas naves.

Cuando las más gruesas ya no la hacían sangrar, urdió una permuta: ya la habían penetrado entre dos, uno a sus espaldas por el ano, otro de frente por la vulva abierta por ella con los dedos. Quería a dos por la vulva, dos que llegaran simultáneos hasta el fondo de su vagina. Dos que unieran, una contra otra, sus vergas en racimo, la de uno restregada contra la del otro por sus frenillos, rozándose uno al otro hasta eyacular juntos dentro de ella. Para eso, acostaba a uno boca arriba, abierta de piernas se sentaba encima de él, mirando hacia sus fuertes pies, y sumiendo el miembro en erección al descender hasta sentir los vellos hirsutos, luego se lo doblaba al recostarse de espaldas sobre el pecho viril y así quedar expuesta para el segundo, ya preparado con su boca porque era necesaria una erección muy firme, empuje seguro con los pies desnudos y afianzar a Pasifae por los hombros, pasando los antebrazos bajo su espalda. Cuando ella sentía las manos ásperas coger por detrás la redondez de sus hombros y tenía el segundo glande palpitando sobre la vulva llena, asentía con una mirada para recibir en la bolsa vaginal la doble carga. Quedaban ambos hombres casi imposibilitados de moverse. Los mirones pronto se turnaban en la boca de Pasifae. Algunos eyaculaban dentro, otros preferían esperar turno para hacer un nuevo par. Pasifae masturbaba a otro par y dirigía los surtidores contra sus pechos erectos. Uno de los mayores y más depravados descubrió el placer que brindaba el seno entre los pechos, ya bien lubricado por varias descargas escurriendo hasta el ombligo, pues era ideal para deslizar allí una erección en crecimiento y, con las nalgas peludas hacia la cara de Pasifae, apretar con ambas manos sus pechos para reducir el seno en torno a la progresiva erección, y sentirla resbalar cada vez más endurecida entre las lechadas de otros y así eyacularle directo hacia el ombligo. La joven parecía haber alcanzado la gloria absoluta con una decena de hombres cada vez.

Sus padres la entregaron en matrimonio a Minos, quien perseguía ninfas, mujeres y muchachos por montañas y llanuras; una, desesperada, se había arrojado al mar, de donde la rescataron pescadores, luego la diosa Ártemis o Artemisa la divinizó y fue venerada en la isla de Égina con el nombre de Afea, «la que desapareció». El santuario aún existe en esa isla de los pistaches. Es pues conjeturable que ni Minos pusiera mucha atención a su noche de bodas, ni a Pasifae faltara discreción para imitar estrecheces virginales.

Pero entonces vio el toro. Un toro llevado a preñar una vaca que perdió el equilibrio y resbaló del lomo, así que se salió y, despatarrado, bufando, lanzó el preciado semen al suelo del corral bardeado de piedras calizas. Pasifae tocó los charcos blancuzcos y calientes, humeando en el suelo, la verga temblorosa y amoratada. Recordó que su marido, Minos, era a su vez producto del rapto de Europa por Zeus transformado en toro. Y tomó la decisión.

Mandó al arquitecto Dédalo, cautivo de Minos, construir una vaca de madera hueca con forro de piel, con una gran abertura posterior. Grande para que salieran sus nalgas completas, sobre las que deseaba sentir el rebote de los testículos del toro que no podía ser otro, sino el más hermoso, el deslumbrante regalo de Poseidón. Ella entraría en la falsa vaca, de pie dentro de los cuartos traseros, pero doblada sobre el interior de la panza, sacaría sus nalgas por la gran abertura, levantadas por la inclinación misma del artilugio para ofrecer la vulva y no el ano.

Cuando finalmente Dédalo tuvo a punto el artificio, un esclavo le llevó a Pasifae una esponja empapada en los genitales de una vaca en celo y, una vez colocada la enardecida mujer en posición dentro de la falsa vaca, el esclavo le untó escrupulosamente la vulva y las nalgas con el líquido de la brama, pestilente y afrodisíaco. «Primero tú», exigió Pasifae al sirviente con voz que retumbó desde el interior de la vaca. Y él llevó un banco para alcanzar las hermosas nalgas salientes y penetrar a su ama. Otros le siguieron, ya sin que ella lo demandara, diez o doce, todos los presentes. Cuando cada uno hubo abrazado la vaca para eyacular en la mujer del interior, condujeron al toro blanco de Poseidón, ornado con una guirnalda de mirto en el cuello, sin necesidad de obligarlo: bastó la esponja olorosa en las enormes fosas nasales y siguió a sus pastores resoplando tembloroso. Volvieron a pasar la esponja impregnada de vaca en ardor sobre las nalgas expuestas de Pasifae y no fue necesario nada más: el toro engañado montó bramando el simulacro, Pasifae sacó los brazos por los costados de la vaca espuria y dirigió a dos manos aquel enorme amasijo de nervios, venas y tendones terminado en punta. De ese ayuntamiento cuya descarga de semen se desparramó salpicando el vientre del toro en gruesos surtidores, no nació el Minotauro. Pero Pasifae hizo correr el rumor entre campesinos ignorantes con el solo fin de que Minos condenara a los atenienses, vencidos en Mégara, a pagar un tributo anual de siete varones perfectos durante nueve años seguidos. Ella se guardaba los mayores y dejaba a Minos los aún adolescentes. En Creta se decía que él, y no su padre Zeus, había sido el raptor del bello jovencito Ganimedes y, si esto fuera falso, era en cambio verdad que Minos, apenas llegado a la edad viril, había peleado con sus dos hermanos, Radamantis y Sarpedón, por el amor de un bello doncel llamado Mileto; cuando el joven prefirió a Sarpedón, Minos echó a ambos de Creta y, llegados al Asia Menor, fundaron la ciudad y reino de Mileto, donde siglos después nacería Tales de Mileto, que iba crear la geometría abstracta y predecir un eclipse de sol. Atenas debía entregar a Minos otras tantas hembras sólo para que el tributo fuera más humillante.

De ahí que Ovidio concluya afirmando que, para ocultar ese monstruo que lo llenaba de infamia, Minos pidió al arquitecto Dédalo, condenado por el rey a nunca dejar Creta por haber fabricado la vaca de su ruina, el diseño y construcción de un laberinto de tal forma intrincado que fuera imposible salir de él. En el arribo del tercer año iba Teseo que, con el hilo entregado por Ariadna, hija de Minos, logró salir del laberinto luego de matar al Minotauro. Teseo huyó con la princesa sólo para, ingratamente, abandonarla en la isla de Naxos. En 1912 el tercer Strauss, Richard, estrenó su *Ariadna en Naxos*, una ópera en la ópera que trata de las desventuras de un compositor para poner en escena una ópera, llamada *Ariadna*. Dédalo, para escapar de Creta con su hijo, Ícaro, ensaya unas alas de pluma y cera; pero, a pesar de las advertencias paternas para no volar muy alto ni muy bajo, sino conservar siempre «un justo medio», el desafortunado Ícaro se elevó hacia el sol y obtuvo el terrible final que conocemos.

A su retorno triunfal a Atenas, Teseo olvida cambiar las velas de luto y su padre Egeo, creyéndolo muerto, se mata arrojándose al mar desde el cabo Sunion, donde ahora puede verse todavía un magnífico templo a Poseidón… quien había regalado a Minos el hermoso toro de su infortunio.

LA FLOR DE JALISCO

José Miguel volvió a encender el ventilador y el ruido cubrió las voces que venían de la cocina. El aire caliente circuló en la pequeña estancia levantando las moscas que caminaban sobre la mesa. El muchacho desconectó el cable con un tirón; en cuanto se detuvieron las aspas lo enchufó una vez más.

—¡Deja ese aparato! ¡Por eso se descompone! —dijo la madre de José Miguel entrando con un mantel de hule que puso sobre la mesa; luego acomodó en el centro un plato rebosante de salsa y un canasto de tortillas calientes.

Un alambre suelto rozaba las aspas del ventilador.

—¡Apaga ese ruido, que me vuelve loca! Y para lo que sirve con este calorón.

A la orilla del río, donde se forma la playita, José Miguel había dejado su camisa blanca y su pantalón de mezclilla colgados de un guayabo. Era un muchacho alto, de espalda oscura, tostada por el sol, y pelo claro. Dejándose llevar por la corriente tranquila que refrescaba las márgenes cubiertas de manglar recordó sus temores infantiles: no debía meterse solo al río nunca porque habían visto un tiburón entre las raíces de mangle, al acecho de niños desobedientes... Miró el agua oscurecida por las sombras de los altos árboles, pero ninguna aleta sobresalía ni se movió la superficie con otros rizos que no fueran los del terso fluir del agua. Sonrió: los temores infantiles jamás se olvidan. Miró hacia lo alto, a la carretera, y vio el camión detenido en la cuneta. Un camión de volteo de los que llevaban arena y piedra hasta la presa, casi oculto por las palmas. Desde el centro del pequeño río, José Miguel alcanzaba a ver el mar: el horizonte azul donde se perdía el agua dulce y por donde, en sus terrores de infancia, subían los tiburones.

Más que con sus amigos, le gustaba ir a bañarse solo. «Vamos a bañarnos, *Güero*». Que de allí venía, era su respuesta al tiempo que se sacudía el pelo claro todavía mojado, y se dejaba caer en el suelo del portalito de su casa, a ver pasar las nubes sobre las hojas anchas y brillantes de los vástagos con sus fálicos racimos de plátano aún pequeño y verde, su nutrido enjambre de avispas pequeñas y negras en las flores de la punta, donde se formaba el glande sin circuncidar con los sépalos morados que se iban arriscando, para mostrar nuevos conjuntos de flores de aroma azucarado.

Aquel día, como siempre, echó una carrera por la playita para secarse. Volvió hasta el guayabo y empezó a ponerse el pantalón vaquero. Arriba, al lado de la carretera que las palmas no dejaban ver, seguía detenido el camión. José Miguel sacudió su camisa blanca, con un roto en el área de la axila. Entonces salió el hombre y le sonrió:

—¿Qué tal está el agua?

José Miguel respondió a la sonrisa y sacudió la cabeza dejándola colgar.

—Muy buena, fresca... ¿Usted es el del camión?

—Sí, yo... ¿Cuántos años tienes?

—Dieciséis —respondió extrañado.

—¡Huy! Te llevo más de diez.

Se hizo un silencio. José Miguel quería preguntar más acerca del camión de volteo, conseguir, posiblemente, un viaje gratis a la presa o, mejor todavía, al mar, a la Playa de los Muertos con sus dos fondas techadas de palapa y buen pescado a las brasas.

—¿Se le descompuso? —señaló con los ojos hacia el camión parado.

—No, ai lo dejé para venir al río —se acercó más y volvió a sonreírle—. ¿Siempre vienes a bañarte aquí? ¿No prefieres el mar? En Conchas Chinas la playa desierta da oportunidad para bañarse desnudo, completamente.

El muchacho no respondió. Tomó su camisa blanca y empezó a voltear las mangas cortas que habían quedado al revés, tiró una hormiga colorada de un golpe con el índice. La hormiga echó a correr y el joven levantó el pie desnudo para aplastarla.

—Déjala, no te hizo nada... Deja que se vaya, mira: por allá va la hilera de sus amigas, nunca se acabarán tanta hierba que meten a su agujero.

El joven bajó el pie y la hormiga alcanzó la hilera, dudó en seguirlas y prefirió ir en sentido contrario a las que venían cargadas con su trocito de hoja. José Miguel apenas había metido un brazo en la manga cuando oyó una demanda afable:

—Espérate —dijo el hombre deteniéndole el brazo que ya metía en la manga—, así quédate un rato. Tienes muy bonito color de piel, como de durazno madurito.

Una repentina seriedad oscureció los ojos del hombre mientras se desabotonaba su camisa. José Miguel percibió el olor a sudor reciente y a grasa de motor. Trató de zafarse, pero el hombre era mucho más fuerte y sus brazos no cedían ante ningún esfuerzo. Soltó la camisa que había mantenido en una mano cuando se sintió arrastrado hasta quedar a la sombra de los árboles.

—No tengas miedo —dijo una voz muy emocionada, oscurecida por la contracción de la garganta que apenas lo dejaba hablar—. No tengas miedo. —Y bajó la mirada a los pies descalzos del joven.

Cuando el hombre volvió a mirarlo a los ojos, José Miguel le descubrió una súplica tranquilizante.

Lo sintió cercano, como si fuera de su misma edad y no un hombre. Llevaba una cruz entre el vello del pecho. Una mano pesada le revolvió el pelo con cariño al joven:

—¡Cómo eres güero, chaval! —y se desabrochó un cinturón pitiado atrayendo al muchacho con un solo brazo. Después, con las dos manos sobre los hombros, lo obligó a hincarse. Cuando trataba de volver la cara para los lados, la sentía aprisionada por unas manos que podían ser, al mismo tiempo, firmes y muy suaves.

—Güerito, no te muevas —decía en voz muy baja—. No te muevas.

Con una mano le cubría el rostro, luego le pasaba un dedo por los labios, los forzaba a abrirse y repetía:

—Es lo mismo, güero…

Pero José Miguel rechazaba el olor del sexo. Cada vez que estaba a punto de llorar, un cierto timbre cálido en la voz del otro, entre suplicante y cariñoso, lo contenía. Con pocos movimientos, el hombre le desabotonó el pantalón recién puesto y, de un ligero golpe tras las rodillas, lo tendió en tierra.

José Miguel se esforzaba por levantarse, pero la carga de encima no le permitía alzar más que la cabeza. Unos hombros más fuertes que los suyos lo aplastaban contra la tierra negra. Con una mano que sujetaba al muchacho por el cuello, lo inmovilizó, mientras con la otra le bajaba el vaquero y a su vez se bajaba el suyo.

—¡Qué nalguitas tan blancas, güerito!

Se escupió varias veces sobre la palma de la mano y se cubrió de saliva el glande y su gruesa corona, luego puso las manos de hombre joven sobre cada nalga de José Miguel y las separó. Éste abandonó la defensa, perdía la respiración a causa del peso que había caído de golpe sobre su espalda. La barba, sin rasurar esa mañana ni la anterior, le rozaba la oreja cuando la voz decía, en un murmullo:

—¡Déjate, güerito! ¡Me gustas muchísimo! ¡Muchísimo, como nadie antes de ti... Pídeme lo que quieras...! después, pero déjate.

La negativa de José Miguel impedía la completa penetración, que no se realizó sino a medias y ya al final, poco antes de que sintiera los chorros tibios y, con la respiración entrecortada, el hombre dejara de moverse.

Pasó un momento en el que José Miguel no prestó atención sino al nuevo olor que se mezclaba al de la tierra húmeda y a la inasible certeza de un hecho que necesitaba confirmar una y otra vez para verificar, con el peso que aún tenía encima, el dolor que le había producido y los escurrimientos que lentamente recorrían sus muslos, que había sucedido lo que su imaginación le repetía. El otro dijo:

—Ahora faltas tú, güerito —y le pasó la mano por debajo—. Pues te dolió, pero la tienes parada.

José Miguel lo dejó hacer y eyaculó en la mano izquierda del hombre que primero olió detenidamente el semen, luego se limpió contra la tierra húmeda. Giró de frente a José Miguel sin retirar su peso y lo besó con tierna suavidad en los labios. El joven respondió al beso.

Así comprendió José Miguel su gusto por ir al río solo y no con sus amigos: lo inquietaba la desnudez de otros adolescentes, el paulatino aumento del vello y de los tamaños, la puñeta de alguno entre risas o la de todos en silencio. Se preguntaba por qué cada uno se hacía la suya, por qué no uno al otro, y hasta, ¿por qué no?, añadiendo besos y caricias. Jamás se hubiera atrevido a preguntarlo. Comenzó a evitar la intimidad de su pandilla. Supo el motivo de su inquietud cuando sintió a Tomás salirse y un incontrolable brote de semen escurrirle; también al ver su propio semen sobre el pecho velludo de Tomás, que se lo frotaba con placer, como si fuera crema.

—¿Por qué te me lanzaste así... digo... tan seguro? ¿Y si no hubiera aceptado? ¿Y si salgo corriendo a la carretera y voy a denunciarte?

—Enloquecí al verte: eres mi sueño, una ausencia en toda mi vida, perdí toda noción de los riesgos... ni los pensé, no pude pensar... actué sin reflexión, movido sin poderme resistir. Y mira... qué suerte tuve: aquí estás recostadito en mi pecho y yo acariciándote el pelo, besándote estos ricos labiecitos y, Güerito... óyeme: así quiero seguir por, como dice la canción, por los años que me resten por vivir. Ahora sé la razón de una tristeza que de pronto me cae encima: me faltabas tú, mi chiquillo, mi... —no pudo seguir porque se le quebró la voz. José Miguel lo abrazó con más fuerza sin levantar su cabeza de entre aquellos fuertes pectorales.

En el campamento no se atrevió a preguntar por él. «Me llamo Tomás, ¿y tú?» «José Miguel.» «Hum... me gusta tu nombre. Suena bonito.» Y se había puesto las manos bajo la nuca, tendido bocarriba. Había roto la camisa a lo largo de la espalda y en la axila mientras se la quitaba, ya sobre José Miguel. Luego de dar su nombre, el joven aspiró el olor de Tomás. Hubiera querido hablar, ser simpático, pero la inhibición lo abrumaba. Había dicho que no le molestaban los hechos recientes... Bueno, sí, un poco... «Pudiste invitarme primero unas cervezas...» Que no hubiera podido esperar. José Miguel hubiera querido decir que deseaba ser su amigo, parecerse a él, tener su mismo cuello grueso y sus manos y hombros, quizá en tres o cuatro años más, crecer hasta tener unas piernas semejantes; pero no lograba decir nada, salvo sonreír ligeramente cuando Tomás entreabría los ojos. Se sonrojó ante la pregunta, en voz baja: «¿Te duele todavía?» Pero respondió: «Sí, poquito». Y Tomás se enderezó, volvió a revolverle el cabello y se despidió: «Adiós, Güero, sigo trabajando... A ver qué invento para justificar el retraso.» Y cuando se alejaba se volvió a mirarlo, le sonrió y una sombra seria le eclipsó la sonrisa. Caminó más despacio rumbo a su camión.

Los camiones entraban y salían del campamento, pero ninguno iba guiado por Tomás. «No se puede pasar, chavo.» Sentado al pie de una ceiba, esperó hasta que le caló el sol. No quería preguntar por él.

Un grupo de muchachos le gritó desde lejos: «¡Vamos al río!». Que luego los alcanzaba, respondió.

Durante otra hora estuvo pateando piedras, mirando los camiones que lentamente se aproximaban y seguían de largo. No había encontrado, en su memoria de la despedida, una sola palabra que permitiera justificar la espera frente al campamento. Nada como: Que lo buscara en el campamento para ir a Conchas Chinas a nadar desnudos: «No hay ni pescadores, está desierta la playa porque es de difícil acceso, pero nos vamos en lancha». No, nada parecido. Pero allí seguía, imaginando que lo iba a ver llegar en cualquier momento: «Qué bueno que volviste...» Y pateaba otra piedra en espera de otro camión. Finalmente se le ocurrió que podría preguntar por él para pedir trabajo. «A lo mejor necesitan gente, y como sólo conozco a Tomás pensé preguntarle...» Eso diría, sí, era un buen pretexto, ¿cómo no lo había pensado antes?

—¡Tomás! ¡Aquí te buscan...! Creo que está en la bodega, chavo. Espérate aquí.

Eso había sido todo y no debió ni sacar a relucir su buen pretexto.

Lo reconoció desde lejos y el corazón le latió más deprisa: «Todo el tiempo estuvo allí dentro.» Se le aflojaron un poco las piernas. Cuando vio la expresión seria del joven alto que se aproximaba limpiándose las manos con estopa se arrepintió de haberlo buscado. Nunca pensó en la posibilidad de que fuera él, y no los vigilantes, quien se molestara. Ya cerca, Tomás seguía sin reconocerlo y José Miguel perdió todo el aplomo que, hasta ahí, había conservado. Pero, a unos pasos, Tomás echó una ojeada a los colegas de trabajo y, rápidamente, le hizo un guiño.

—¿Cómo estás, Güero? —le palmeó un hombro—. ¿Cómo sigue… allá?

El alivió que sintió, le impidió a José Miguel responder de inmediato.

—Pasaba por aquí. Iba a nadar con mis amigos.

Tomás no respondió. Siguió caminando hasta la ceiba donde José Miguel había esperado toda la mañana. Allí lo miró con una seriedad distinta a la que mostrara unos momentos antes, cuando parecía no reconocerlo.

—¿Y harán lo mismo entre ustedes? —preguntó mirando al muchacho hasta el fondo de los ojos.

—No. Ayer fue la primera vez.

Tomás sonrió, metiendo las manos en los bolsillos.

Por un instante los dos vieron al suelo. Luego, con la voz apagada y un súbito brillo en los ojos que ya no sonreían, le dijo:

—¿Quieres que nos veamos mañana? Hoy tengo guardia en el almacén —José Miguel movió la cabeza afirmativamente, viéndose los dedos de las manos—. ¿En donde mismo? —volvió a mover la cabeza—. Bueno, pues. Allí te veo —y se alejó.

José Miguel dio sólo unos pasos de regreso cuando escuchó que lo llamaba:

—¡Güero! —Tomás lo venía alcanzando y al llegar no supo qué decir. Las palabras parecían formarse y no las pronunciaba—. Sólo te quería decir... —Movió los labios sin voz. Luego, como si hubiera cambiado de idea y dijera algo sin importancia, le preguntó—: ¿Sabes que eres muy guapo?

En el río sus amigos ya estaban secándose al sol.

—¿Qué tanto hiciste? Ya hasta nos bañamos y... y aquel cabrón se la puñeteó, mira las piedras chorreadas... —una carcajada cerró el comentario.

—Les dije que me esperaran... —respondió sin convicción.

—Sí, hasta que fuera de noche, pinche Güero...

Vio la tierra negra entre los árboles, el brazo que Tomás se pasaba tras la nuca, recostados uno junto al otro, la camisa rota en la axila. Los muchachos se vestían. «Mañana no vendrán», pensó, «pero, ¿y si vienen...? Los oiremos llegar con su escandalera...»

Los camiones pasaban arriba, cambiando velocidad en la cuesta que llevaba al campamento.

—¿Vamos a ver la presa?

José Miguel los siguió con desgano.

—¡Córrele, Güero!

Estaba desnudo en el río cuando vio llegar el camión, un fuerte chiflido y una mano saliendo por la ventanilla lo llamaron. A propósito, salió del agua a paso lento, mostrándole como sin propósito su buena erección. Hubo otro chiflido y unos aplausos. Tomás descendió corriendo y con el impulso tiró a José Miguel. Comenzó a quitarse la camisa mientras lo besaba. Intentó meterse entre sus piernas, pero el joven lo detuvo:

—Ahora me toca a mí —dijo con un lengüetazo cariñoso en la oreja de Tomás. Éste alzó la cabeza sorprendido. En el grueso cuello le latían dos venas laterales. Tumbado sobre el pecho del chiquillo, lo miró con curiosidad desde tan alto, según cuanto el cuello le permitía sin separar su pecho, ya con la camisa abierta; le revisó el arma, lo volvió a mirar, se sonrió con imprevista timidez y sólo dijo—: Órale... Y el sábado te llevo a nadar a una playa que está antes del aeropuerto, nomás saliendo de las últimas curvas al plano, solita, solita... Tú y yo, cabroncito... Mira qué buena reatota, chiquilín...

—Nueva: nunca ha cogido. Los huevos están mejores... Los sábados trabajas...

—Huy, pues de veras que sí —dijo sopesándolos entre una mano y otra—. Y muy sueltitos… —se le abrió una gran sonrisa burlona—: ¿Qué?, ¿de veras voy a ser tu estreno? Hum… mi chiquillo lindo —dijo comenzando a meneársela con una mano y a bajarse los pantalones con la otra—. El próximo sábado no trabajo porque ya lo cambié por este domingo… Te quiero tener de frente, mira, así, ponte encima… Trabajaré los ocho días de esta semana para que me den sábado y domingo. El sábado lo paso contigo, Güerito, y el domingo durmiendo porque… qué se me hace que vamos a estar cansados… Espérate, échate al menos saliva, cabroncito…

El sábado tomaron el autobús y en media hora pidieron bajar cuando Tomás divisó a lo lejos la torre de control del aeropuerto. «Ya es aquí, Güero, ya hasta nos pasamos, pero así caminamos un ratito.» Los dejó el chofer junto a una brecha que debía dirigirse al mar. Caminaron diez minutos y encontraron una playa blanca, enorme, que parecía llegar hasta Punta Mita. Se desnudaron entre uno cocotal y se echaron a las olas desnudos.

—Güerito… Se te van a quemar esas nalguitas tan blancas que nunca te asoleas en el río… Y no trajimos ni aceite… Mejor nos secamos a la sombra de las palmas… digo, al ratito —y lo abrazó.

Mecidos por las olas, pero de pie en agua que les llegaba sólo al pecho, Tomás besó a su joven amigo como siempre había deseado: largo rato, sin preocupación, sin espiar los ruidos de pasos aproximándose, suelto y ligero: exploró con su lengua cada diente de José Miguel, se dijo que era como morder una manzana y le mordió los labios llenos, lo tomó de los muslos y se los cruzó por la cintura. Entonces sintió el joven que Tomás lo sostenía con algo más en plena forma y lo estrechó con fuerza. Tomás lo aseguró a su cuello y metió ambas manos bajo el agua, se afirmó los muslos del joven en la cintura, José Miguel le cruzó los pies por atrás y quedó en posición: se sintió penetrado y a la vez masturbado por Tomás. Ah, y besado, porque Tomás no interrumpió el beso sino después de eyacular.

Tomaron un camión al pueblo y se bajaron en el malecón. Lo recorrieron abrazados sin que ese hecho fuera notorio: eran dos jóvenes guapos, masculinos, bien formados, que se pasaban el brazo por los hombros, quizá el hermano mayor con el menor, unos diez años de diferencia.

—¿No tiene hambre mi Güerito?

—Y mucha.

—Te invito un pescadito en una fonda aquí a la salida del pueblo. Allí he ido cuando vengo con los muchachos de la presa, los del campamento, pues. Es una palapa grandota en la playa y se llama así, La Palapa.

Llegaron y, en efecto, el lugar era un largo techo

de palma sobre troncos y mesas en la arena con sillas de plástico. Pidieron cocteles de camarón y cervezas, luego un pescado. Cuando un trío les ofreció canciones, Tomás pidió que cantaran *El perro negro*. En cuanto comenzaron los interrumpió: «Otra vez, muchachos», y se les unió con bella voz limpia, clarita, de hombre joven: «Al otro lado del puente de La Piedad, Michoacán, vivía Gilberto el valiente nacido en Apatzingán, siempre con un perro negro que era su noble guardián...» Luego la de un caballo que pierde una carrera, *El moro de Cumpas*; pero a la tercera cambió de estilo y pidió tequilas: *Si me dejas ahora*, *Arráncame la vida*, *El amor de mi vida*, *Usted*, *Inolvidable*..., y así hasta que la cuenta de música fue enorme. José Miguel estuvo sonrojado de la frente al cuello porque Tomás las cantaba mirándolo: «En la vida hay amores que nunca pueden olvidarse...»

Durante el regreso, luego de contemplar el atardecer, José Miguel se atrevió a hacer la pregunta que le rondaba:

—¿Y tienes novia?

—No, Güerito... Bueno sí, sí tengo... —lo miró con aire bromista.

—Y quién es... —dijo con vocecita opaca y el estómago tenso, en espera del golpe.

—Tengo novio, Güero, tengo novio, novio, novio, eres mi novio, mi idolatría, mi chiquillo... ¡Uta! ¡Uta! ¡Uta... es que no puedo más, amor! —y lo atrajo por el cuello hasta sentir la cabeza de José Miguel bajo la suya, aspiró el aroma del joven que adoraba, el de su cabello claro, el de sal y mar.

José Miguel se sonrojó con tal intensidad que le aparecieron gotas de sudor en la frente. Se recostó en el hombro de su amigo mientras el autobús ronroneaba subiendo las cuestas de la primera sierra.

—Y cómo le explicas a tus amigos que no tengas novia —preguntó metiendo la mano bajo la camisa de Tomás para acariciar su vello.

—Invito a alguna muchacha un día a vernos en la plaza, a otra al cine, a otra más me la llevo a un baile. Si me caliento, pues me la cojo... Bueno, me las cogía... porque ahora tengo novio... ¡Cómo me gusta decirlo!: mi novio, mi novio, mi noviecito, mi chavo... ¡Mira! —Y le mostró la bragueta: el pantalón de dril caqui tenía la bragueta mojada—. Es por el placer de decirte «novio», chiquitín: me estoy escurriendo cada vez...

José Miguel miró hacia el asiento inmediato, a través del pasillo: un solo pasajero del lado de la ventanilla y miraba con atención la selva ya oscurecida. Le puso la mano en la bragueta a Tomás, se le mojó la palma, se la olió con placer; luego, subió el pie al asiento, el pie que daba al pasillo, y con la pierna así doblada cubrió su acción, miró a los pasajeros de atrás: venían cabeceando. Así que agitó la mano por encima de la tela, Tomás se abrió la bragueta. El joven sintió un inmenso placer ante la diferencia de agitar por encima de la tela y tomarla desnuda y cálida en la mano. Con apenas tres tirones más, sus chorros tibios le cayeron a Tomás sobre la camisa. El joven le pasó la mano encima, se la olió, y se recostó en el pecho de su amigo, sobre el semen tibio.

—Sácatela, Güerito, ahora vas tú, al fin ya está oscuro… No bajes ese pie del asiento, sube más la pierna, cúbreme… Es que… es que… te la voy a chupar.

Y lo hizo. Para José Miguel fue otra primera vez de algo.

Se puso a cavilar un buen pretexto para explicar a su madre la ausencia de todo el sábado. Ya la oía: «Nomás almorzaste y saliste corriendo, José Miguel, y llegas después de la cena… Te vas a arreglar con tu padre…» Pero su padre estaría hasta medianoche en La flor de Jalisco, bebiendo cervezas con sus parientes y amigos, y poniendo música en la sinfonola. Continuaron sus desapariciones sabatinas cada quince días. La madre le preguntó si tenía novia y pasaba el día con ella. Que no tenía, fue la respuesta seca de José Miguel… Y sintió el sabor de Tomás en su boca, el gusto de su saliva, la lengua cariñosa. Miró por la ventana para que su madre no pudiera asomarse a ese fondo, únicamente suyo.

Esperó toda la mañana. Era su medio cumpleaños, así había dicho Tomás, porque cumplía dieciséis años y medio, seis meses. Sus amigos se habían ido al mar sin enterarse del medio cumpleaños. «Vamos a la playa, Güero. Llevamos aceite de coco para vender.» Pero él respondió que iba a echar una mano al maestro Simón, el que les daba Geometría: «Tiene el mango sin cortar y le va a caer gusano... Ya van a empezar las clases», añadió sin saber cuál era la relación. «Sí, sí... ya van a empezar las clases... ¿y? Pero como quieras, nosotros nos vamos a vender aceite de coco a la playa de Los Muertos».

Hacia la hora de comer, regresó José Miguel, atravesó el portalito de su casa y entró a una pieza fresca, donde cayó sobre un equipal ruidoso. Cuando encendía el ventilador, lo llamó su madre desde la cocina:

—¿Dónde estuviste toda la mañana, hijo? Milagro que un sábado estés aquí. Ya me han dicho que te vas a la playa.

José Miguel no respondió.

—Te hablan, cabezón —dijo la hermana que leía una historieta.

—Fui al río.

—¿Tanto tiempo? ¡Apaga ese ventilador, hijo, hace puro ruido!

José Miguel no se movió.

—Te están hablando, cabezón y sordo —refunfuñó la hermana levantando la vista de su historieta.

—¿A qué hora llegará tu padre? Tanto para traer un costal de frijol —dijo la madre mientras se soplaba con un abanico de cartón de la farmacia Regina—. Uno nunca sabe qué les pasará a los hombres. ¡Catalina! ¡Ve calentando otra vez las tortillas...! Ya ven: ese pobre muchacho que acaban de matar por una tontería... No pasaba de los veintisiete años o algo así, si no es que menos... Un muchachote tan bien puesto y tan sano. Y vaya que era guapo, a todas las traía de cabeza. Como voy a creer que dizque por la hija de don Eusebio, que ni bonita es, nomás tetona. Pero si no los va a amamantar... No sé... Peluda sí está, nomás hay que verle esas piernas, debería tapárselas, pero siempre las trae encueradas, con esas falditas que ora llaman minifaldas y a ella no le van porque parece botella de cocacola. Como si ese pobre muchacho hubiera sido el primero... Hum... ni el primero ni el último, de seguro. Eso me lo sé bien, mustia resbalosa. Pero cuando a uno le toca, le toca. Lo que pasa es que don Eusebio siempre ha sido de pocas pulgas y, como fue presidente municipal ni quien lo vaya a tener en la cárcel: hoy lo vi por el mercado tan campante... ¡Virgen! ¡Y la sangre de ese muchacho todavía no se seca en La flor de Jalisco...! Ven a sentarte, José Miguel, tu padre ha de estar entretenido con los chismes... A los hombres les encantan los chismes con muertos y sangre... ¿Por qué serán así, Dios de mi vida? Sangre y allí están, y todos saben lo que pasó, y todos vieron...

Deberían casarse entre ellos, se llevan tan bien... Son igualitos, poco importa con cuál se case una.

—Lo que deberían hacer —refunfuñó la joven sin levantar la vista de su historieta— es cambiarle de nombre a esa cantinucha de pueblo, porque La flor de Jalisco está en Guadalajara y es adonde no me has llevado para oír a «Ernesto Gil Olvera y su órgano que canta».

—Lo has oído por radio —replicó la madre.

—Hum... Cómo va a ser igual: quiero ver cómo le hace... —dijo marcando las sílabas y levantando la vista de su lectura.

Tomás no había llegado ni porque dijo que le iba a celebrar su medio cumpleaños. Ya era seguro. No lo esperaría más. Salió del agua, corrió un poco para secarse, tuvo una buena erección pero se la reservó a Tomás. Miró hacia la carretera con una brizna de esperanza. Se vistió con lentitud y aún se detuvo un rato junto a la carretera. Al llegar al portalito, no estaba seguro de si iría a buscarlo por la tarde.

—Que te vengas a sentar, cabezón, sordo y socarrón...

«Creo que sí iré», se dijo levantándose del equipal.

—¡Por fin! Ahí viene ya tu padre. Ven a sentarte, hijo. Catalina, ayúdame con la sopa que ya hace mucha hambre.

—Se lo acaban de llevar en camión para Tepa —dijo el padre poniendo el costal de frijol en un rincón—. De allá era su familia... Ah qué diantre de muchacho ese Tomás, mira: el único al que nunca vi echar pleito en la cantina ni molestar feo a las muchachas en la plaza, les decía bonitos piropos, muy ingeniosos, y ellas se reían con gusto porque además era guapo... Bueno, yo de eso no sé nada, pero lo oigo decir... Y al tal don Eusebio lo está defendiendo su yerno, el diputado del PRI. ¿Sabes, vieja, que despidieron a los dos policías que lo desarmaron y pusieron en la cárcel hace apenas unas horas? Y anda libre porque tiene un amparo, ¿eh?, qué tal, así de rápido. Y que la defensa alegará defensa de su hija, la pirulina ésa... Yo ni siquiera vi nunca a Tomás salir con ella, aunque la vi con todo el campamento... Pero, no sé, pudo ser...

—Te hubieras ido a Guadalajara a ver lo del terreno. Nos lo van a quitar los del fraccionamiento, ya ves cuánto están construyendo más allá del Cuale, y dicen que van a levantar el empedrado y a pavimentar. Imagina cómo va a subir nuestro terrenito.

—Eso pensé, mujer, pues... Pero, ¿ahorita con qué centavos les pago...? ¿Y ése? —dijo cuando José Miguel salió corriendo.

Pasó por La flor de Jalisco y allí la certeza lo desgajó del mundo, como ramita arrancada por una cabra. Corrió hasta llegar al río con una dolorosa contracción en la garganta. Se sentó junto al mismo árbol, entre la hierba, en la tierra negra donde había estado mirando a Tomás sin poder decirle todo lo que pensaba, viéndolo entreabrir los ojos con una mirada que lo envolvía en un calor nunca antes sentido, tan sencilla y tan afectuosa a la vez. Entonces cruzó los brazos sobre las rodillas, hundió la cara en ellos, y lloró como jamás volvería a hacerlo.

VIAJE

Fue un viaje motivado por la envidia. Christopher había escrito por Navidad: «Estoy en París esperando a Judith». En febrero regresamos Carlos y yo luego de pasar allá la siguiente Navidad con boletos comprados desde abril. Estuve enfermo porque algún día el Sena dejará de correr, tan cierto como que toda vida concluye; la piedra de Notre Dame y de la Sainte Chapelle terminará por desmoronarse y caer, piedra sobre piedra, como la materia se hunde en un agujero negro: por su propio peso, porque la fuerza gravitatoria desfonda una estrella, la derrumba para adentro, la hace caer sobre sí misma. Oh, oh, oh, Dios del espaciotiempo, Dios de la nada y de la distancia de Planck, Dios del horror infinitesimal. Y así Notre Dame caerá, como un calcetín volteado, porque todos los materiales tienen una resistencia determinada por su estructura molecular, y las piedras por el conjunto de diversos materiales que las componen; unas son de origen volcánico; otras se produjeron por acumulación de sedimentos; en el mármol hay cal y por eso fueron destruidos los monumentos de la antigüedad clásica: porque eran la fuente de cal más a la mano: bastaba con ir al Coliseo y arrancar un par de bloques para tener cal para construir, para vender, y del templo de Zeus en Atenas sólo quedaron quince columnas, altísimas, maravillosas, con sus capiteles corintios ornados de onduladas hojas de acanto, raro, raro pero bello, porque el verdadero acanto no podría sostener ya no digamos una trabe marmórea, ni siquiera una tabla ligera sin doblarse. Pero allí están las cestas de acanto con un diámetro de un par de metros, quizá poco menos, sosteniendo enormes bloques de mármol cortados de forma que cubran de un centro al otro, de media cesta de acanto a la siguiente media cesta, y no se quiebren por su propio peso, porque una piedra muy larga termina rompiéndose por enmedio hasta sin carga alguna: la rompe su peso. Ese es el primer cálculo: ¿cuánto puede abarcar un bloque largo de mármol, recto, sin romperse? Debe de haber una fórmula, en los libros sobre resistencia de materiales, que conjugue el grosor, la anchura, el tipo de piedra (con un número constante) y nos proporcione el largo máximo. Poco más y la piedra se pandea, luego se agrieta, luego se rompe y cae. Poco menos espacio cubierto y la resistencia aumenta hasta ser del cien por ciento si el espacio cubierto es cero, si las columnas están pegadas una a la otra; es una función, una hermosa función que el cálculo, la herramienta matemática inventada por Newton y Leibniz simultánea e independientemente, con seguridad describe por medio de una derivada: con las columnas pegadas una a la otra la trabe no se rompe nunca, con una separación de un centímetro: una rendija, tampoco; pero conforme las columnas de apoyo se van separando, la gravitación ejerce su dominio sobre la materia suspendida y hay un límite tras del cual toda trabe de piedra se rompe al instante, apenas colocada se vence, truena y se viene abajo matando operarios, maestros de obra y arquitectos, y también al poeta que componía hexámetros para cantar la construcción del templo, la épica religiosa del trabajo. Hemos sobrepasado el límite al que tendía la función. Pero los pueblos antiguos no conocían la derivada, así que los monumentos anteriores servían de experimento para obras más audaces. La trabe se rompe, es cierto, pero el arco no, dijeron romanos y árabes, y un arco prolongado es una bóveda que se sostiene por sí misma, sin el bosque de columnas interiores heleno, y girado el arco hace una cúpula, y si el arco se viene abajo al quitar la piedra clave, la central, la cúpula no. Y allí tenemos el Panteón, el templo para todos los dioses, con su cúpula agujereada en el centro y las fuerzas tensionales sosteniendo milagrosamente el conjunto en pleno centro de Roma, atestada de coches y turistas. Pero las bóvedas se caen si los muros, columnas continuadas, sobrepasan su límite, otro límite, mayor, pero uno que también calcula el arquitecto de Diocleciano. El derrumbe se evita con el reflejo de quien levanta inútilmente la mano ante el muro que se le viene encima: un hombre con el brazo extendido para soportar el muro que cae, y caerá hacia afuera porque hacia afuera empuja la bóveda. Y los pueblos medievales crean el refuerzo de los contrafuertes y sus arbotantes para rodear construcciones más altas, más, más, hacia el cielo, y bóvedas más separadas, y nos engañan aparentando que las altas columnas tienen diez imposibles centímetros de diámetro, imposibles pero hechas racimo en torno a formidables pilares que se vuelven frágiles a la vista. Y afuera no importa el armazón de brazos levantados para apoyar el muro tambaleante, el andamio de piedra disimulado con capillas laterales. Y entonces resulta que ya no es necesario el muro-sucesión de columnas, y las oscuras bóvedas pueden iluminarse de arriba a abajo por angostos ventanales de vidrio multicolor. Pero el intento de ascender con piedra y cal también alcanza un límite y los cuerpos rechonchos de brazos levantados se vencen ante el empuje pétreo de la bóveda con altura imposible. Se derrumba el ansia de altura en Beauvais, y Notre Dame en plena construcción se queda con torres sin remates por temor al límite impuesto por la piedra y la constante gravitatoria, la atracción del planeta en una isla lodosa del río Sena. Pero el metal no tiene ese límite y recubierto de vidrio en estaciones de trenes y fábricas o sin recubrir en torres de altura nunca imaginada, ofrece nuevas constantes a la vieja ecuación: ¿cuán larga puede ser una viga de acero antes de pandearse por su propio peso? Mucho, y más cuanto más sea la altura respecto de la base. Pero si no es una viga recta, como la piedra rectangular sobre columnas, sino curva, se reinventa el arco: otro material y la vieja forma tiende a otro límite y los ingenieros, que ya estudiaron a Newton y a Leibniz, hacen cálculos precisos. No rebasan el límite porque lo ven, sobre papel y lápiz, mostrado por las derivadas y las integrales. La materia es la primera en obedecer sus propias normas, y crea la doble cúpula, la redondez por arriba y abajo cuando no existe ni el arriba ni el abajo, las estrellas. Y así la materia se acomoda en perfecto equilibrio para siempre: diez soles, veinte soles. La suma parece no tender hacia ningún límite. Pero lo hay. El átomo también se derrumba si le encimamos peso, masa, se destruye como las bóvedas caídas bajo el empuje de una mano gigante. La insoportable presión funde en una sola masa bóvedas y columnas derramadas por el suelo. Su límite es el piso agrietado por los golpes de las rocas caídas. Las bóvedas del átomo, los electrones en su órbita, se derrumban sobre el núcleo en el centro de estrellas mayores que la nuestra, las cargas eléctricas opuestas se fusionan bajo el empuje de las capas exteriores que en la estrella han perdido sustento. Cuando el derrumbe estelar concluye tenemos los restos del terremoto concentrados, una catedral caída, una esfera de neutrones, la partícula de carga neutra que por eso puede acomodarse lado a lado sin rechazo. En una piedra muerta con pocos kilómetros de diámetro ha quedado convertida la hornaza estelar. El límite último. Pero no lo es: si aumentamos el tamaño de esa estrella de neutrones, su interior vuelve a derrumbarse, ¿hacia dónde?, hacia adentro, sea eso lo que sea, y la masa estelar, que curvaba el espacio con su sola presencia y doblaba un rayo de luz al pasar cercano, produce una curva de curvatura infinita para salir de cuya gravitación, como la piedra lanzada al aire y que no vuelve a caer porque superó la velocidad de escape sobre el planeta, es necesario acelerar a velocidad mayor que la luz; pero a velocidad de la luz el tiempo cesa de fluir y para el rayo emergido en el primer instante del universo no ha transcurrido tiempo alguno, ni trece mil millones de años ni un segundo: nada, y el instante de la creación continúa y continúa y continúa. Por eso no hay velocidad mayor y aún así no es suficiente para salir de esa curvatura del espacio producida por la materia en eterna caída, el hoyo negro. Un soldado en las trincheras de la Gran Guerra calculó el límite de no retorno y por él lleva su nombre: de Schwarzschild. Pero las conocidas leyes de la conservación de la materia y la energía, multicomprobadas, permiten inferir la fuerza gravitatoria de esa materia en caída constante, que quizá se abre en otras dimensiones para dar nacimiento a otro universo, plop, plop, plop. Y muchos apenas viven y otros son yermos como energía pura y radiante y alguno se hace grumos y los grumos son materia que un día se ve a sí misma y reflexiona sobre su origen y seguramente se equivoca en esas reflexiones como el perro que mordisquea un CD con el libro primero de *El clave bien temperado,* en idioma binario sólo legible por un minúsculo rayo de color muy puro. Por eso, no por las deliciosas y enormes ostras de chez Procope, el restorán donde comieron Voltaire y Diderot y otros que para éstos ya habían muerto; ni por el frío que permite a Fauchon mostrar sobre la acera una entusiasta fuente de langostas, flores, frutas y pasteles lanzados a la mañana azul en surtidor imposible hasta en la escuela de pintura veneciana; ni por la humedad que aguijonea los negros castaños arrancándoles los primeros brotes de yemas verdes en las ramas entumecidas bajo las que asoman sus cabezas los tulipanes rompedores de escarcha; ni por el peso de los muertos en el que no es menos el chaparrito Brad Davis que puede asestarle al milagro maduro que es Jeanne Moreau cantando *each man kills the thing he loves*, un helado: *You...?*

you are just a woman porque Brad marinero en el neblinoso puerto de Brest sobre una cama de puta sólo piensa en su hermano Robert que no es su hermano sino la ola del amor y el crimen, su soledad, su boca en el espejo, su erección segura, más que el capitán a quien le pide no tendré paz hasta que me penetres, pero de tal forma que ensartado me mires, extendido sobre tus muslos, como una Pietà mira a Jesús muerto, frase que llega de veinte años atrás, de un verano sofocante entre las enormes hojas inmóviles de los pesados castaños, un calor de vino blanco y cestillo de paja sobre la grama, que vuelve sin prisa como un verde colibrí de reflejos turquesa, un calor que pintó Renoir, quien ya se ha ido, calor que volverá cuando no quede nadie ahora viviente, en este instante, en éste, *éste.*

II
EL VINO DE LOS BRAVOS

YANG, EL GUARDAGUJAS

Creo que sucedió en 1927, durante la insurrección comunista de Shanghai. El año en que Chiang Kaishek iba a salvarse de otro atentado.

Yang conservó toda su vida una pésima reproducción en tricromía de una estampa de Utamaro que representa a dos mujeres: una está de pie, distraída; aunque, si lo pensamos otra vez, también pudiera estar sonriente mirando a la otra, que se encuentra en cuclillas sobre los talones y gira el torso hacia el espectador para observarlo de frente. A Yang le impresionaba esta mirada, pero aún más le seducía el fascinante velo de seda moteada que la mujer sostenía —tomándolo con las dos manos— entre ella y el espectador, como si no fuera ya lo bastante inaccesible.

Es necesario decir que Yang era guardagujas: tenía a su cargo el cruce de vías en las afueras de Tsiu, y que, el día en que llegaron los soldados de Chiang

Kai-shek, los rebeldes de Tsiu le habían pedido que descarrilara el tren.

—¡No podremos resistir ni media hora, Yang! El levantamiento está siendo controlado en toda el área de Shanghai. En Wong-ta han sido pasados a cuchillo todos los hombres de la aldea. El río baja rojo de sangre y las garzas blancas se paran en los cadáveres que flotan rumbo al mar. ¡Yang! ¡Tenemos que sorprender el tren militar! ¿Sabes que traen artillería? ¡No dejarán una sola casa en pie, ni una familia entera! Nuestra única ventaja consiste en que podremos sorprenderlos: sabemos que llegarán esta tarde. Los esperaremos en la vía vieja, la de los patios. Allí abriremos el descarrilador y cuando el tren quede volteado en tierra les caeremos encima. De otra manera no hay salvación para nosotros, ni para la aldea. ¡Yang! ¿Entiendes que todos seremos asesinados en represalia?

Yang asintió e hizo de inmediato lo que le pedían. Tuvo que romper el candado para poder cambiar la aguja pues hacía años no se había vuelto a usar el ramal que iba a los patios: ya nunca se reparaban trenes en Tsiu y las yerbas salían entre los durmientes y casi ocultaban las vías.

Después volvió a la caseta del guardagujas y desenrolló la estampa de Utamaro: la mujer, sentada sobre sus talones, levantaba las manos sobre su cabeza para sostener el velo moteado que la separaba de Yang.

En toda la mañana no hizo sino contemplarla, sentado como ella: las rodillas dobladas hasta sentarse sobre los talones, las palmas de las manos sobre los muslos, mientras se mecía imperceptiblemente de adelante a atrás.

Aunque, tal vez, no se trataba del alzamiento de 1927, ni Yang era el guardagujas de Tsiu; sino de los sucesos acaecidos en un poblado llamado Mirgorod, sobre el ferrocarril transiberiano, que fue arrasado por Kornílov cuando Yemelia Ilich, el guardagujas, volvió a poner la flecha del crucero en su lugar, permitiendo así que la emboscada bolchevique contra las tropas de zaristas y blancos, que llegaban en un tren blindado, se frustrara.

—¡Yemelia Ilich! ¡Yemelia Ilich! ¡Camarada! ¡No han dejado un hombre vivo en Umanski! El hielo acaba de romperse en el Don y una masa de témpanos y cadáveres desembocará pronto en el mar de Azov. Debemos descarrilar el tren para inutilizar la artillería y tomarlos por sorpresa. De otra manera estaremos perdidos.

Cuando se alejaban, después de ayudar a Yemelia Ilich a romper el candado de la aguja, todavía gritaron desde lejos: «¡Nos has salvado, padrecito!».

Yang no guardó la estampa de Utamaro en su caja de cedro. Y tal vez fue entonces cuando Costas Andreotis volvió la aguja a su lugar y el tren blindado que transportaba las tropas del general Karl Heinemann no pudo ser interceptado por la resistencia griega y todos los hombres de Ajarneia fueron asesinados en la plaza de aquel pueblo de paredes blancas y terreno pedregoso.

Si Yang regresó la aguja a su posición primitiva no fue porque deseara el triunfo de Chiang Kai-shek, sino porque la población de Tsiu estaba irremediablemente condenada, como irremediablemente perdida estaba la causa de los comunistas chinos en 1927. Y porque, además, Chiang Kai-shek ya estaba por salvarse de un atentado.

Todos percibieron el sordo redoble de los tambores rotos, desacompasados, que anunciaban en las calles desiertas la llegada. El tapiz tejido con las escenas familiares y cotidianas se rasgó con las uñas de los ciegos que corrían a ensartarse en las bayonetas. Aun entre los gritos, los lamentos y los estampidos, los que abrían los brazos para recibir las balas podían escuchar los tambores desacompasados.

—¡Yang! ¡Camarada! Tienes que cambiar la aguja para que el tren tome el entronque. Allí lo descarrilaremos. Es nuestra única posibilidad de salvar la vida y de salvársela a la aldea.

Mientras la historia se completa escrupulosamente, sin olvidar detalle —sin olvidar la cortina que se movió un instante, sin olvidar la nota que cayó a un charco y decía «comprar azúcar y pan, llevar niños con tía Ana», o la voz lejana que llamaba a alguien—;

abigarrada, prolija, Costas espera boca abajo a que lo rocíen con la última ráfaga mientras un sapo le patalea en la lengua con desesperación y cada espasmo lo hace avanzar hacia la garganta, en dirección errónea.

Las tropas de Heinemann han pedido a la población griega que se tire al suelo y se disponen a disparar sobre sus espaldas apacibles una ráfaga que dejará agujeros quemados en sus camisas de algodón.

Ellos siguen vigilando, con las ametralladoras apuntadas, y la ráfaga no llega; pero no puede tardar. Lo importante, lo único importante, es saber por qué lado vendrá: de derecha a izquierda, o de izquierda a derecha, por dónde empezarán, cómo serán barridos por la metralla, cómo se irá sacudiendo la espalda de las camisas al aparecerles los agujeros quemados.

«¿Qué habían dicho?» Habían gritado de lejos: «nos has salvado, padrecito», atrapados, hundidos en un pueblo posiblemente llamado Mirgorod, sobre el ferrocarril transiberiano, mientras Yang desenrollaba —la tarde en que le cortaron la cabeza— la estampa de Utamaro y se sentaba sobre los talones, imitando a la mujer que extiende frente a ella el velo de seda moteada.

La belladona aparece en la sombra y la ipecacuana extiende sus hojas estelares, plateadas. Con la caja de cedro junto a las rodillas, Yang no escucha los redobles destemplados. Costas Andreotis volvió a poner la aguja en su lugar y el tren blindado burló la trampa de la resistencia griega para que la historia discurriera sin tropiezos por uno de los infinitos vericuetos que pudo seguir.

Cuando la cabeza de Yang rodó hasta la puerta de la caseta y su tronco se desplomó entre los gritos de su mujer acuchillada, las tropas de Chiang Kai-shek eran atentamente observadas —a través de un velo de seda moteada sostenido en alto— por la mujer que Utamaro pintó sobre papel de arroz.

—¡Yang! ¡Camarada! El río baja enrojecido y los picos amarillos de las garzas se ensucian en la corriente de cuerpos inflados. Tenemos que cambiar la aguja para salvar a Tsiu. ¡Yang! ¡Contesta!

Hemos contado la misma historia una y otra vez como si nuestra profesión fuera la de homeristas que, en uno de tantos relatos, pudieran convertir a los troyanos en vencedores.

No vamos a decir simplemente que el tren artillado llegó a Mirgorod en punto, ni que Yang no podía salvar a Tsiu porque entre los huesos de sus muertos ya creciera la belladona y la raíz de la ipecacuana buscara las sales minerales que suben hasta sus hojas plateadas. Tampoco diremos que Costas Andreotis debió haber tenido tres hijos: Pavlos, Yorgo y Costas, pues sabemos que a él, como a todo el mundo sin excepción, se le había prometido lo mismo que a Abraham y a Isaac: que sería padre de un pueblo y que su descendencia sería más numerosa que las estrellas.

Nadie dejará de observar, por el hecho de que no lo digamos, que el pueblo de Costas desapareció con él y no hubo para sus remotos nietos José en Egipto, ni sueños interpretados al faraón y, por lo mismo, Egipto se hundió en el hambre y desapareció cinco mil años antes de que llegaran a sus playas las tropas romanas de Julio César que no conquistaron nada, pues no había Cleopatra, ni Alejandría, ni Tebas. Por lo mismo no fue necesario ningún Moisés para salvar al pueblo engendrado por Costas Andreotis, ni fue necesario escribir en libros sagrados la promesa hecha por Dios a cada uno de los habitantes de Tsiu, pues en cinco mil años más las combinaciones posibles de pueblos elegidos habrían sobrepasado con mucho al número de estrellas y al de granos de arena (hasta podríamos añadir, apartándonos de las conocidas palabras de Jehová, que no bastarían tampoco los granos de sal de todos los mares).

Pero no necesitamos hacer tales cuentas porque, para cada uno de los habitantes de Mirgorod, el pueblo sobre el ferrocarril transiberiano, no hubo promesa divina, ni les fue dicho que en adelante no se llamarían Yemelia, o Ilia, sino Israel, como en sueños se le dijo a Jacob cuando huía de la furia de su hermano Esaú por aquel feo asunto del plato de lentejas.

¿Y qué si la belladona crecía a la sombra de los muros derruidos? En Ajarneia, el poblado griego de muros blanqueados con cal y de terreno pedregoso, no crecían sino los pequeños jacintos rojos y oscuros, el áspero laurel silvestre de flores blancas y nadie, ni el maestro de la escuela, había visto jamás una estampa cualquiera de Utamaro. Cuando el tren rebasó el crucero que Costas Andreotis había vuelto a su posición normal, estaba terminando de nevar en toda la costa del mar del Norte y un enorme cisne blanco, que flotaba sobre un canal, abrió las grandes alas, aleteó y estiró recto el cuello. A bordo del camión cargado de armas ocultas en sacos de fertilizante, sólo uno de los tres hombres lo vio al pasar de largo. Si en el instante en que lo vio agitar sus grandes alas blancas dentro del canal bordeado de nieve reciente, el tren rebasaba el crucero donde hubiera debido descarrilar y seguía derecho hacia Ajarneia, no es algo que podamos comprobar. Como tampoco sabremos jamás si ése es el instante en que rodó la cabeza de Yang hasta la puerta y su mujer inició los chillidos que acallaron los soldados. Pero, aun sin saber cuándo llegó al crucero el tren, o si entonces el cisne aleteaba junto a la nieve en el agua helada del canal, a través del lienzo cuadrado de seda moteada hubiera podido verse la cabeza redonda de Yang en el umbral de su casa.

PASAJE MATTE

A Hans que en realidad es Wolfgang
que me recordaba a un amigo de prepa.

Las 2:33 en el pasaje Matte de Santiago, un día cualquiera de 1855. Bajo el reloj que cuelga a la mitad del pasaje, aproximándose a los tres empleados del grabador Chanalet, camina una figura espantosamente muerta, ida, pulverizada por la luz sepia de 1855 en un pequeño país que entonces era aún más pequeño, más remoto, más ajeno: un hombre de bombín, barba muy negra, bigote, bastón y una casaca demasiado corta que deja ver una pancita de jugador de cartas, bebedor de cerveza y café, galante empleado de corsetería y pobretón atildado.

El fotomural color sepia está al fondo de la exposición *Cien años de arquitectura metálica en Chile*. Uno ve primero la construcción de la Estación Central, su bóveda de cristales y hierro sobre las máquinas de vapor, y piensa en las películas de época, en el París y el Londres de Landrú y Jack el Destripador; uno piensa en la condesa Serpieri saliendo de una estación similarmente techada para alcanzar a su austríaco, el joven teniente que debiera ser su enemigo desde el momento en que Austria ocupa Italia y Garibaldi está en armas (Alain Delon, sobrino del príncipe de Lampedusa, regresa del campo de batalla), y ambos, la condesa y el teniente, se convierten en traidores a Italia y a Austria mientras Claudia Cardinale se enamora de su primo Delon, el noble empobrecido de las primeras secuencia de *Il Gattopardo* y la aristocracia empieza a desmoronarse entre valses inéditos de Verdi, la mirada clarividente del príncipe Burt Lancaster y la tontería de las princesitas que brincaban en un colchón vestidas de gala. Después de ver cien años de arquitectura metálica uno se encuentra ante el umbral del establecimiento del señor Chanalet. Bajo el anuncio ovalado hay tres empleados que las líneas del pasaje Matte llevan hasta el espectador para incluirlo en una misma perspectiva de polvo, encajes que se deshacen al tacto y olor a arcón de bisabuela; pero uno de los tres hombres, el de bata blanca, es un joven de veinte años, moderno, contemporáneo, sin los usuales rasgos de tío abuelo muerto, nunca conocido sino en álbum. Éste en cambio podría ser el primo que hace poco se fue a Sonora.

Al lado del anuncio oval hay un gran reloj que indica las 2:33 en números romanos. La carátula se ve de frente cuando uno avanza por el Pasaje. Tiene forma de reloj de bolsillo, como los que usan los ferrocarrileros y lleva encima la imitación de una perilla de cuerda.

El hombre de las barbas y el bombín, el seguro empleado de una corsetería, con su olor a tabaco, a poco baño, a botica antigua, es una sombra que pasa ahora mismo, a las 2:33, por el pasaje Matte y que, tal vez, en cinco segundos más, tres pasos adelante, saludará a los hombres en el umbral del grabador.

Cuando te dije que entonces faltaban noventa años para que tú nacieras en Alemania, y ochenta y nueve para que yo naciera en México, la distancia que nos separaba de 1855 pareció reducirse considerablemente, pues noventa años son apenas el lapso que hay entre el nacimiento y la muerte de un hombre que muere anciano; o entre el año 900 y el 990, fechas que nos dicen lo mismo, que nos parecen iguales, indiferenciadas, habitadas por los mismos hombres y mujeres desconocidos, por las mismas familias, como si noventa años de entonces fueran distintos a noventa de ahora. En realidad Augusto fue mucho más antiguo para Adriano que el hombre del pasaje para nosotros, aunque unamos los nombres de los dos emperadores en una misma lejanía sin matices y nos sintamos ahora infinitamente más ajenos y alejados de quienes distan de nosotros sólo ciento diecisiete años. Porque para ti y para mí, atrapados en una fecha y una hora, bajo la luz austral de una pequeña ciudad a ciento veinte kilómetros de una costa rocosa y batida por un mar tempestuoso y helado, el lapso era mayor que el que nos separa de la construcción de las pirámides pues 1855 a esta hora precisa es un período más espesamente poblado de recuerdos en los que el tiempo se condensa. 1855 es anterior a la guerra franco-prusiana que encontró muerto o veinte años más viejo al hombre de las barbas de Landrú y transformó al joven de veinte años —el que puede ser nuestro primo— en padre de otro joven de veinte años que pasó por el pasaje Matte también a las 2:33 en un silencioso Santiago apenas diferente en el color de algunos rótulos y en el retoque sufrido por las letras de Chanalet.

No tenemos derecho a decir tan fácilmente que nos separan noventa años de esta tarde amarillenta perdida irremisiblemente pues un número aislado es igual a otro cualquiera y porque antes tendríamos que acabar de contar muchas historias: el fusilamiento del joven teniente austríaco que la condesa Serpieri no logra salvar, el regreso de Alain Delon a las tropas de Garibaldi, el derrumbe del mundo al que pertenecía el príncipe de Lampedusa; falta el suicidio de Kirk Douglas van Gogh después de pintar un trigal con cuervos al sur de Francia, en ausencia de Gauguin que ya está en Tahití pintando un cristo amarillo cinabrio con lotos azules y grandes áreas de siena tostada; o el principio de la Revolución que se inició con los cañonazos del acorazado «Aurora» anclado frente a San Petersburgo, o de la otra Revolución en la que Marlon Brando iba a ser asesinado a traición en la hacienda de Chinameca y en la que ya participaron dos jóvenes parecidos a mí: uno en el largo de los brazos y en la forma de las manos, otro en los ojos y el corte de la cara; y la Gran Guerra del 14 en la que otro joven, que tenía tus mismos ojos y un gesto similar al pasarse la mano abierta sobre la nariz con movimiento distraído, moriría dejando un niño de dos años para que veintiún después, y muchos centímetros más de estatura, el niño ocupara su puesto en otra guerra y conociera en un pequeño poblado del norte de Alemania a la mujer que tenía tu color de pelo y la forma de tus cejas.

Cuarenta años después de que el hijo del joven empleado en Chanalet —aún no nacido cuando el Landrú de las barbas negras saludó al pasar bajo el reloj que marcaba las 2:33— paseara su juventud ostentosamente frente al negocio donde trabajó su padre; cuarenta años después, cuando el hijo ya tampoco era joven o había muerto, nuestros abuelos eran muchachos con menos edad que tú o yo, dispuestos a terminar sus respectivas guerras sin dejarse matar, porque el final de la adolescencia no es época en que un joven acepte la muerte, y ellos se aferraban a sus armas y a sus vidas mientras el Doctor Zhivago desertaba del frente —como millones de rusos que se volvían a sus casas sin temor a los fusilamientos y se adherían a los bolcheviques— desesperado y hambriento, con el *Tema de Lara* tocado por Henry Mancini dándole vueltas en la cabeza mientras Rock Hudson escapaba de ser fusilado por error en el frente italiano y huía a Suiza, y Marlon Brando caía acribillado del caballo de Zapata; no era tan fácil que Rock Hudson dijera *Adiós a las armas* entre las ambulancias cuadradas y saltonas de la Primera Guerra Mundial que llevaban la cruz en el techo para que los incipientes intentos de aviación las respetaran, o tiroteado desde las trincheras que Erick María Remarque describe en *Sin novedad en el frente*; pero, aún antes de que entrara en acción, y mientras el Doctor Zhivago vivía la zozobra de ser enviado al frente y dejar a Lara y a su tema porque los alemanes avanzaban sobre Rusia, en una franja de los Estados Unidos, cuando aún eran potencia de segunda categoría, James Dean llevaba a su hermano al prostíbulo del pueblo para que conociera a la madre de ambos, y cuando los Estados Unidos decidieron participar en la guerra que Zhivago veía con horror y las masas rusas con desesperación, el James Caín Dean anterior a *Rebelde sin causa*, pero ya transformado en el James Dean de la leyenda, ve con aparente indiferencia y manos en los bolsillos, la partida del Abel cuyo corazón había dolorosamente destrozado y que se enrolaba en las tropas que salían a Europa para matar a un jovencito rubio que había crecido en un pueblo de la margen derecha del Rin, cerca de Frankfurt, y que tenía tus mismos ojos.

Antes de que Marlon Brando cayera del caballo de Zapata, un cadete del Colegio Militar que tenía la forma de mis cejas y una expresión parecida en los ojos, al disparar apretaba con fuerza los párpados, pues entre los rebeldes que combatía se encontraba su hermano. Poco antes de la traición a Marlon Brando, y por la época en que el bueno y tonto Abel partiera con el corazón destrozado por James Dean, que tenía el suyo desbordante de amargos celos fraternales, el cadete dejó de disparar contra su hermano y se pasó a los rebeldes, como hizo también otro joven alto, recién casado cuando James Dean se dejaba arrebatar por los celos, quien tenía la forma de mis brazos y la de mis manos, que ahora extiendo para señalarte la hora congelada, las 2:33 un día de 1855 en el inasequible y antártico Santiago.

Cuando Marlene Dietrich empezó a cantar *Lilí Marlene* y Glenn Miller sonaba en todos los tocadiscos de los clubes de oficiales repartidos entre Londres y el Pacífico, al pequeño huérfano de dos años, criado también en el pueblito de la margen derecha del Rin, cerca de Frankfurt, le tocó el turno de abrir nuevas trincheras y tripular tanques que Montgomery Cliff y Glenn Ford volaban en pedazos.

En la retirada que empezó con el *Día D* y mientras Spencer Tracy y Burt Lancaster —ya no príncipe italiano, sino médico alemán— se preparaban a ser juez y acusado en *Los juicios de Nuremberg*, el pequeño, que ya tenía más de veinte años y había heredado de su padre el color que tendrían tus ojos, encontró una muchacha con el color de tu pelo.

Poco después, con las últimas notas de *Lilí Marlene* cantada por la Dietrich, se cumplieron los noventa años que necesitabas como se habían cumplido mis ochenta y nueve. Pero todavía faltaban otros veintiséis colmados de encrucijadas donde podríamos perdernos irremisiblemente y no llegar al cruce convenido desde siempre y, además, hacerlo en el instante adecuado, exacto; ni antes, ni después, para que bajo la luz sepia del pasaje Matte en el antártico Santiago de contornos tan irreales que parecía inexistente en su remota lejanía, nos encontráramos a las 2:33 de un reloj con números romanos; tan reales tú y yo como las figuras que el fogonazo impúdicamente exhibe bajo la hora nefasta.

DISOLVENCIAS

El verdugo se aproximó al espía turco —que no podía ser más insignificante: parecía una mujer flaca y pequeña, excepto por el bigote negro— y en la multitud polvorienta se escuchó un murmullo que rápidamente fue apagándose.

El turco miró hacia el brazo de la justicia inglesa y sus ojos mostraron un cierto azoro, apenas una huidiza sombra de temor de perro. Entonces se abrió el obturador y se ennegrecieron algunos granos de plata en Sa el-Hagar, que hace cinco mil años se llamó Saïs y que, al término de la Gran Guerra, en 1918, era posesión británica.

Nejbet-Nofruré no podía ver en Saïs los pies descalzos del espía turco ni su pantalón amplio, blanco y plegado en los tobillos, que hacía curioso contraste con una chaqueta europea de *tweed.* Tampoco vería jamás el cerco de hombres, casi todos descalzos y seguramente sucios, que mantenían la vista en la espada ancha llamada alfanje, preferida por su gran peso para las ejecuciones.

Los verdugos saben que, para cortar de un solo tajo una cabeza, no basta el impulso de unos brazos poderosos ni el peso de un alfanje: hay que pensar continuamente en el estrecho espacio que separa dos vértebras. Sin la debida concentración el acto pierde toda limpieza: el reo cae ensangrentado y el verdugo dará golpes cada vez más inciertos a un cuerpo que se convulsiona. La ejecución se convierte en carnicería.

—No soporto las momias de los que están con Osiris —dijo con gracia Nejbet-Nofruré— ni las vasijas que Imesib ha encontrado en las excavaciones donde levantaremos la nueva terraza de verano. Veo las manos que las modelaron en los tiempos de Teti. ¡Quítalas, Dashani-Ra! ¡Quítalas! ¡Llévatelas fuera! Huelen a vidas que no conocí. Son la sombra de mi propia muerte, el presagio de mi vajilla y de mi casa estudiados por otros Imesib que estarán construyendo un estanque de lotos en mi cuarto. Trae lotos, Dashani-Ra, que sólo duran dos días y no dejan presencias insoportables ni nos atraviesan con miradas de gente que pisó esta misma tierra y coció la cebada en el mismo horno y fabricó su cerveza en el patio de mi casa.

Sobre el lugar donde Nejbet-Nofruré estuvo sentada aquella remota mañana, un televisor dejó salir un largo zumbido que precedió a la imagen del presidente. La unión con Siria era un hecho. ¿O sería la unión con Libia? Nejbet-Nofruré no lo supo nunca porque no fue ella quien encendió el televisor, después de todo; ya que en Saïs no hubo nunca algo parecido, aunque los sacerdotes tenían grandes poderes. En el departamento superior golpearon tres veces con el pie y Dari se apresuró a bajar el volumen. Empezaba un documental sobre Asuán cuando puso la aldaba a la puerta, volvió a sentarse frente al televisor y se bajó los pantalones.

El espejo que colgaba junto a la mesa del comedor le quedaba demasiado alto. Dari lo bajó, cuidando que reflejara el sofá, regresó y se puso un cojín de terciopelo entre las piernas. Con Asuán podrían regarse un millón de hectáreas.

Cuando el alfanje del verdugo se elevó, todos los ojos lo siguieron. Los dos hombres pensaban en el estrecho paso entre las vértebras. La mirada de perro era más sumisa.

Desde la ventana del mismo departamento donde Dari se encontraba ya sobre el cojín, buscando la conocida rotura en el terciopelo, otros dos hombres veían la ejecución, hablando en polaco.

—Turquía se alió con los perdedores. Su desastre es definitivo, pues Alemania no volverá a ser una potencia belicista. 1918 será el año de la República Socialista Alemana.

Cruzaron la habitación, entonces vacía y olorosa a yeso fresco, sin ver al joven que empezaba a quitarse la camisa, y salieron, partiendo el sofá, pisando a Dari que arrojaba su camisa y se acariciaba el torso bronceado.

El verdugo miró el cuello descubierto del espía. Cualquier par de vértebras presentaba el mismo ajuste preciso, pero uno de ellos debía ser escogido. Las tropas británicas mantenían alejados a los egipcios. Nejbet-Nofruré preparaba un ungüento en su mortero de obsidiana sin atender lo que sucedía junto al espejo de cobre pulido, en un llano terregoso fuera de Sa el-Hagar, que para ella se llamaba Saïs.

—¡Qué grandes y recios son los pies de Imesib! Qué gruesos su cuello y sus hombros oscuros que el sudor hace brillantes cuando arroja lanzas a los leones. En cambio yo, ¡soy tan frágil! No hay remedio para mi palidez. ¿Sabes?, Dashani-Ra, hace años que no tengo la sangre que padecen las mujeres porque Imesib no espera a que pase la semana prescrita por las Siete Hator; en cuanto le acabo de dar otro hijo se me sube untado con el aceite que preparo y atormenta mis pechos con su áspero vello. Su torpeza puede ser igual a la del toro del desierto, que con roncos mugidos se agita demasiado, tanto que llega a salirse de la vaca en el preciso momento en que arroja suficiente semen para llenar tres tinajas como esas en las que la cerveza fermenta. En esos momentos muge y tiembla despatarrado, e igual hace Imesib cuando me salpica el pelo y destruye mi laborioso maquillaje.

El obturador volvió a abrirse y ennegreció otros granos en una nueva placa, no con la luz de los pies firmes de Imesib ni con la de su espalda oscura en el momento de cubrir la piel de Nejbet-Nofruré, sino con la de una cabeza sostenida en el aire. El espía turco sigue hincado, con su misma chaqueta europea de *tweed* y los pies descalzos; pero del cuello le brota una docena de chorros negros muy erectos, altos como fuentes.

El cuerpo permaneció hincado un momento sin que las negras fuentes mermaran, pero Nejbet-Nofruré siguió hablando, como si nada hubiera sucedido junto a ella, como si la cabeza no hubiera dado ya una vuelta sobre sí misma, empapando la chaqueta de *tweed* que aún lleva puesta el turco que no cae; como si no hubiera pasado la hoja, en su silbante arco, junto a los frascos con esencias de Punt.

—¡Ah, Dashani-Ra! ¡Cuánto se solaza Imesib con su servidora! No debiera usar ropas que oculten la belleza que tanto me complace: ni el faldellín de lino ni la peluca de lana negra ni el ancho pectoral dorado. Nada, salvo sus enormes brazaletes con calcedonia del desierto oriental y turquesa del Sinaí. Yo sería la envidia del Norte y del Sur. Danzaría por las calles de Saïs con mis tobillos rodeados de cascabeles y le señalaría a todos mientras camina bajo el sol, protegido con los aceites que le preparo, o cuando lo transportan a la casa de Horus en Tebas, donde puede ver de frente al dios, al señor del Norte y del Sur.

Tampoco escuchó Nejbet-Nofruré el final del programa sobre la presa de Asuán ni la respiración agitada de Dari. Pensaba en las festividades durante las que haría sonar sus cascabeles en la casa del hijo de Horus, el faraón. El locutor explicaba algunas técnicas para mover los monumentos que, de otra forma, serían cubiertos por el Nilo al llenarse la gran presa.

—¿Por qué te encierras? —gritó la madre de Dari—. ¡Ábreme! ¿Qué estás haciendo? ¡Y con ese ruido!

Dari arrojó el cojín bajo el sofá y se subió apresuradamente los pantalones.

—¡Dari! ¿Qué haces? ¡Abre!

Al quitar el cerrojo, Dari observó que no había puesto en su lugar el espejo. Entró una mujer muy joven. Que las tiendas estaban horribles, dijo; no había podido comprarse casi nada. Después siguió acosándolo, cada vez más intrigada por el cambio de lugar del espejo, cuyo objeto no comprendía; pero Dari sólo respondió:

—Mañana es mi cumpleaños. ¿Me compraste mi regalo?

Entre los dos pusieron de nuevo el espejo en la pared. La ventana volvió a reflejarse en él, apenas distinta —por las gruesas capas de pintura— a cuando aquellos dos hombres habían dicho en polaco: «1918 será el año de la República Socialista Alemana», antes de salir a la calle.

Con la puerta de su cuarto entornada, la madre empezó a desvestirse. Parado junto al balcón desde donde aquellos hombres habían observado la ejecución: el largo periodo en que el cuerpo siguió hincado, arrojando erectos surtidores de sangre negra, Dari observaba a su madre a través de la puerta entornada: se probó dos blusas, ciñó con alfileres la línea del busto y volvió a contemplarse. Parecía aprobar el arreglo. En eso se dio cuenta de que Dari la veía.

—¿No vas a decirme por qué te encierras, Dari? —Salió de su habitación y se aproximó al muchacho. En la calle, el tráfico se había detenido. El semáforo del cruce estaba apagado y todos los autos hacían sonar las bocinas—. Es espantoso vivir en esta calle. —Se miró en el espejo recién vuelto a colocar y ajustó más los alfileres para ceñir el busto. Luego acarició a Dari—. Estás pálido, hijo. Algo harías.

Dari sintió que se sonrojaba incontrolablemente y se dio vuelta sin responder, mirando la calle donde el tráfico seguía congestionado. Los autos se estorbaban uno al otro y nadie podía avanzar. Luego escuchó los pasos de su madre, alejándose de la ventana para apagar el televisor, y recordó el cojín de terciopelo bajo el sofá. Estuvo en suspenso hasta que la sintió regresar a su habitación. No lo había echado de menos ni preguntado: «¿Por qué está mojado este cojín?».

—Dari, hijo, qué calor hace.

En el piso superior se siguió escuchando la voz que daba cifras. Los televisores se alzaban a diferentes alturas sobre la cabeza de la mujer de Imesib, instalados en los departamentos de un feo edificio de seis pisos rematado por un anuncio de neón.

—Maat te ilumina —respondió Dash-ani-Ra mientras arreglaba las flores que le había pedido su señora.

—Tú sabes, amiga —dijo con familiaridad la esposa de Imesib, en retribución al saludo—, que esos cacharros despedazados nunca me han atraído. Y no porque nuestros abuelos los modelaran con poco arte, como creo; sino porque no puedo pensar en ellos ni ver las obras que realizaron cuando eran toros fuertes. ¡Qué me importa el nombre del que unió las coronas de Egipto! No quiero saber que, donde estamos levantando la terraza de verano, un señor se regodeaba en las noches tibias como Imesib conmigo. O si tuvo allí sus hornos y fabricó su cerveza en tinajas tapadas con piel de cabra. No es que sean sombras que lleguen del país de la muerte, del reino de Osiris, no: me son intolerables porque son presagios.

El cuerpo del turco se derrumbó lentamente, acostándose en la arena que se volvía negra al absorber el manantial de sangre. Nejbet-Nofruré no se hizo a un lado cuando la cabeza rodó entre sus frascos de esencias afrodisíacas ni cuando el cuello cercenado lanzó los últimos chorros negros y los hombres que veían desde la ventana comentaron: «1918 será el año de la República Socialista Alemana».

—¿Por qué está mojado este cojín? —Preguntó la madre sacándolo. Alguien caminaba descalzo en el piso superior.

«¡Ah! Ven amiga. Cómo está triste hoy tu señora.» Había dicho Nejbet-Nofruré mientras abría su caja de lapislázuli junto al cuerpo convulsionado.

—¡Dari! ¡Dari! —llamó la madre con el cojín en la mano.

Dari cruzaba entre los autos detenidos.

HOY TE HE RECORDADO…

Hoy te he recordado, envuelto en ese aire risueño que tenías mientras bromeabas con un desconocido, ambos frente a una pila de botellas de cerveza. La cantina estaba llena, pues era viernes y los postigos de madera traqueteaban a cada momento con la entrada y salida de los clientes, mientras Rocío Dúrcal llenaba el aire: «Anda y que te ondulen a la permanén…», cantando al Pichi, y la espantosa luz de neón permitía leer hasta los carteles taurinos más lejanos: 6 toros 6. Paco Camino, Manolo Martínez, Curro Rivera.

Entonces me miraste por primera vez, buscando extender tu conversación a todos los que bebíamos en la barra, sentados en esos incómodos bancos altos mientras comíamos cacahuates. Yo te evité, pues tu trato con aquel desconocido me parecía pesado, sobre todo cuando te hiciste invitar una cerveza. En una ocasión semejante, ante una demanda igual, yo había respondido, semanas atrás, y a otro muchacho que no poseía ni de lejos tu candor adolescente: «No, mira, a mí las cervezas me las invitan, no las invito yo». Y en efecto, esa noche me habían enviado tres cervezas desde las mesas cercanas. «Aquí le manda aquel señor», decía el mesero, y el señor podía ser un charro de bigotes rojizos o una especie de empleado bancario.

Tu excitación había contagiado a tus vecinos, pero yo me resistía: miraba las reproducciones de Ruano Llopis, los cuernos de toro que hacen de perchas, leía las etiquetas de los tequilas y de los rones para no verte; pues en cuantas ocasiones se cruzaban nuestras miradas tú pretendías retener la mía para unirme a tu corte de admiradores, a los escuchas de ese jovencito encantador que sabías desplegar con aquel talento innato.

Pero, como siempre ocurre, tus siervos se fueron liberando uno a uno de tus adorables cadenas y al pagar te dedicaban una última sonrisa. El traquetear de los postigos anunciaba que te ibas quedando solo frente a tu última cerveza. En eso ocurrió aquello que finalmente consiguió acercarnos. Fue cuando pasó hacia el baño un ranchero de sombrero echado para atrás, colorado y un poco barrigón, pero fuerte y con un cierto andar atractivo. «Te gustan los de sombrero, ¿verdad?» Tu maliciosa impertinencia me hizo vacilar. «¿Te saqué de onda?» Me negué a contestar por un rato, pero no te diste por vencido: «Yo también tengo un sombrero... uno así grandote, mira. Si quieres vamos por él. Vivo para arriba de la 38». Entonces caí. No era posible resistir una frase semejante. Me dieron ganas de pasarte la mano por aquel pelo rubio y zarandearte la cabeza, pero sólo me reí, lo cual bastó para que jalaras tu banco hasta quedar a mi lado y me ofrecieras una cerveza, tú, que habías hecho que te las invitaran todas. Después me seguiste invitando de cuanto se te ocurrió, hasta mujeres. «Conozco unas chavas que trabajan aquí nomás, en El Paso del Norte, son dos, así que podemos ir a bailar con ellas y luego nos las llevamos, ¿eh?, ¿no?» Yo rechazaba una y otra vez la oferta, pero insistías: «Ándale, no te va a costar nada y están muy bien las dos». Ante mis dudas, expusiste el último elemento de tu generosidad: me dejabas la tuya, que era la mejor. Pagamos nuestras cuentas y al salir también repiquetearon los postigos de la puerta. Una verdadera cantina.

A las dos cuadras te detuve. Que ya era muy tarde, casi la una de la mañana y tus amigas de seguro ya se habrían ido con algún hombre. Que fuéramos a ver, insistías: «Nada perdemos. Verás que te van a gustar, y son muy buena onda». Estábamos frente a un callejón donde se amontonaban en hilera varios hotelillos. Volví a detenerme. «Y ahora ¿qué pasó? ¿No vamos con mis amigas?» Te miré a los ojos, aquellos ojos dorados, de cejas acordonadas y rubias, y te dije firme: «No.» La rotunda negativa pareció desconcertante.

«Entonces, qué quieres hacer.» Dejé pasar un instante en que te miré muy directo a los ojos y respondí.

Yo nunca había entrado a un hotel con un muchacho y pedido sin más un cuarto; pero lo hice tragando saliva sólo al principio, cuando vi aquel zaguán iluminado por un foco amarillento, y al hombre medio dormido sobre el escritorio. Para mi sorpresa, ni siquiera nos prestó atención, ni él ni la mujer que nos entregó la llave sin levantarse de la silla e indicando apenas que subiéramos la escalera «y al fondo».

El cuarto era como las recámaras de las casas viejas, con un techo muy alto y las paredes pintadas de color hasta los dos tercios de la altura. Mientras te desabotonabas la camisa, de aquella tela delgadita, muy lavada, y de manga corta, pues ya hacía calor por las noches (era marzo), me sonreía parafraseando en silencio: «Yo me quité las dos botas, / tú la camisa muy blanca; / yo el cinturón sin revólver, / tú los tenis amarillos». Entonces dijiste como si no tuviera mucha importancia: «Hoy hace un año que se murió mi hermano...» ¡Carajo! No era precisamente el mejor momento para decirlo. Me acabé de quitar las botas mientras permanecías inmóvil ante mi exclamación. Luego explicaste: «Es que yo lo quería mucho, él me mantenía, por eso he podido estudiar.» Me tendí en la cama. «Ah, ¿sí? ¿Y en qué trabajaba?» Inclinaste la cabeza, parado en medio del cuarto: «Era novillero. Hace un año lo mató un toro en Ocotlán. Y yo andaba en Monterrey. No estuve con él...» Yo trataba de restarle importancia a tu tristeza, y casi inicié una broma torpe, algo sobre *El relicario*; no sé si empecé a cantar: «y un relicario sacó del pecho / que yo enseguida reconocí...» No, no empecé, porque tu cabecita rubia se estremeció y comprendí que estabas llorando. «Él me cuidaba, me quería, me mandaba a la escuela, ¿qué voy a hacer ahora que se me murió?» Me levanté de prisa para abrazarte, te veías tan solo, tan delgado, tan triste. «¡Carajo! ¡David! No llores, chaparrito.» Pero era inútil. Al mismo tiempo que sentía por primera vez el abrazo de tu cuerpo tibio, la suavidad de tu piel, tu pelo sobre mi hombro, te cayó encima toda la desdichada suerte de un novillerito, tu hermano mayor, el que hacía las veces del hombre que había abandonado a tu madre cuando estabas por nacer.

«¡David! No llores.» Pero sólo era una frase, pues yo quería que lloraras con aquellos sollozos que te estremecían mientras te culpabas de su muerte por no haber estado con él, por haber estado en Monterrey y no en Ocotlán, en esa feria, en esa corrida en la que perdiste al novillero que te regañaba cuando tenías malas calificaciones.

Después... después las cosas no salieron muy bien, aunque mal no estuvieron: la borrachera, la tristeza, luego el frío que empezó a hacer. Pero no estuvo mal. Salvo que, ya para salir, vomitaste toda aquella enorme cantidad de cervezas que te habían invitado a causa de tu encanto, tu alegría y tu bonita sonrisa, y hubo que limpiar con las sábanas y esconderlas debajo de la cama. Hoy al recordarte he sentido unas ganas enormes de zarandear tu cabecita rubia y de abrazarte como si fuera tu hermano, aquel que te enviaba a la escuela; pero no sé de ti y has de estar muy solo.

EL HOMBRE DE NEBRASKA

David se levantó más temprano que de costumbre y se dirigió a la cocina para poner agua a hervir. Un olor ajeno lo impregnaba, un sano aroma de sudor reciente. Con placer se olió por todas partes, desnudo como estaba. Siguió el rastro, lo persiguió por toda su piel, en las axilas, en los hombros y en los lugares que alcanzaba con la nariz: allí estaba aquella presencia nueva, inundándolo en la mañana fresca de Santiago. La nieve de la blanca cordillera lejana había empezado a escasear. El verano alrevesado y decembrino se acercaba.

Puso la mesa para el desayuno sin sentir frío. Un ligero pudor lo hacía retirar del mantel el sexo al aire cuando acomodaba el florero con peonías, las peonías del fin de la primavera; pero luego pensó que era una precaución inútil después de una larga noche de múltiples faltas a la higiene elemental. «Para microbios los que se habrá llevado anoche», se dijo y cargó los platos ya sin preocuparse de evitar el roce con el vello púbico.

Era una espléndida mañana con nieve sobre los Andes y sol brillante a través de la ventana azul. Cambió de lugar las peonías calculando no tenerlas entre uno y otro durante el desayuno. El agua empezó a hervir.

—*Coffee or tea?* —preguntó sin alzar mucho la voz, ya que la recámara estaba a unos cuantos pasos; el departamento que había rentado en aquel octavo piso era pequeño aunque agradable y cómodo.

—*Are we going to have breakfast?* —le respondieron preguntando a la vez.

Puso tres cucharadas de té al agua repitiéndose el estribillo *one for each person and one for the pot*, y cubrió el cacharro con un plato. Luego llevó a la mesa mermelada de naranja, mantequilla, una jarrita de leche, servilletas y cerezas frescas (era la temporada). Dispuso los cubiertos, la cesta del pan, tazas y platos. Partió la toronja y el aroma llegó hasta la recámara, colocó las mitades en tazones y las cubrió de azúcar morena. El color rosado de la pulpa se repetía en el mantel blanco y en el edificio vecino, donde al sol de la mañana empezaban a descorrerse las cortinas y las persianas se abrían.

No preguntó nada sobre los huevos, los hizo revueltos y los sirvió sin más trámite.

Cuando salió el hombre de la habitación, el desayuno estaba dispuesto. Era de los Estados Unidos, de Nebraska en particular. Sonrió ampliamente al ver la mesa y abrazó a David para darle las gracias. Enseguida, sentado y al ponerle un poco de leche al té, pareció sumirse en un breve momento de melancolía. Permaneció ausente mientras movía la cuchara en la taza y luego dijo con una cierta tristeza, mirando el pan tostado:

—Tu amigo ha de ser muy feliz.

David sonrió. ¿Su amigo? Sí, la noche anterior el hombre había visto en el baño dos cepillos de dientes.

—¿De quién es este cepillo?

Por toda respuesta David le cantó: «De quién es esta pistola, de quién es este reló, de quién es ese caballo que en el corral relinchó». Pero, claro está, el hombre de Nebraska no había comprendido nada, así que David tuvo que añadir:

—Es de mi amigo.

—¡Ah! Tienes un amigo. ¿Y no vendrá pronto?

—No —dijo despreocupadamente—, hoy no viene; se fue a Viña por el fin de semana.

Habían hablado sobre el amigo. Que se llevaban bien, que era joven, que era guapo, que no se molestaría si se enterara, que había olvidado llevarse el cepillo, que ya se compraría otro en Viña del Mar.

El de Nebraska era un hombre maduro, jugador profesional de basquet en su juventud universitaria, ingeniero de minas, casado y con un hijo. «Mi hijo es como de tu edad», había dicho en la primera conversación, cuando se conocieron en aquel sauna cerca de la estación. «¿Cuántos años tienes?» David tenía veintitrés. «Sí, la misma», corroboró el hombre meciendo la cabeza de David con una mano muy grande. «Muchachito».

En la mesa se intensificó el olor ajeno que emanaba la piel de David. Era muy agradable. El olor de la gente sana, bien comida, bronceada: el olor usual en los Estados Unidos, que allí a la vista de los Andes, se mezclaba con el de las toronjas, el té con leche, los huevos. Olor a desayuno, a peonías, a mañana fresca y a sexo reciente en cama limpia.

El hombre de Nebraska habló de su familia, de su esposa, de su hijo, de su trabajo en las minas, mientras David lo escuchaba y de vez en cuando le ofrecía más té o cerezas que pendían de un largo rabo. Luego el de más edad se quedó mirando al joven y le volvió aquella tristeza a los ojos.

—Tengo mucha envidia de tu amigo. ¡Qué suerte tiene! —fue todo su comentario.

Cuando se despidieron, el hombre se detuvo en la puerta como si súbitamente hubiese recordado algo:

—¿Puedo verte en otra ocasión?

David lo pensó un momento y apenado, con vergüenza, negó.

—Es que mi amigo regresa de Viña el lunes.

Después de cerrar la puerta fue a sentarse en el sillón. La estancia era muy pequeña, así que tenía a mano la mesa donde habían desayunado. Miró las cáscaras amarillas de las toronjas y los trozos de pan mientras llegaba el zumbido del elevador que descendía. «Tengo envidia de tu amigo», repitió y se le hizo un nudo en la garganta mientras los ojos se le llenaban de lágrimas al recordar el día de la semana anterior en que había comprado en la farmacia de la esquina dos cepillos de dientes para turnarlos y no usar nunca uno húmedo.

PERDER A ORFEO

Entró a aquel bar del Passagem Florida, donde la pegajosa femineidad de la concurrencia masculina me contagiaba con su juego de colegialas. En la pista de baile saltaban los muchachos sudorosos. Más travesura que sexo, más coquetería que sensualidad. Algunos hombres mayores se me habían acercado, copa en mano, y la «luz negra» hacía el efecto de que sus vodka-tónic estuvieran iluminados por dentro con un suave resplandor de poción mágica y humeante, doctor Jekyll antes de míster Hyde. Me gusta el papel de amable rechazo y lejanía que puedo desempeñar en tales ocasiones. Bailé un rato, acepté una copa y volví a sentarme en silencio y solo sobre la falsa balaustrada de madera y cartón.

¡Carajo! ¡Qué tedio más grande puede ser la jotería! Todos aquellos muchachos empecinados en desempeñar lo mejor posible el papel de su hermana Margarita cuando habla por teléfono con Pepe, el más guapo de los amigos que juegan futbol las mañanas de domingo. «No vuelvo. Me iré a los muelles en un rato más».

Regresaría a Praça Mauá, la plaza de las putas y de los estibadores, rodeada de cervecerías por tres lados y por el otro el mar, los enormes barcos inmóviles sobre el agua aceitosa y tranquila.

«Roberto y Newton deben estar en la esquina de siempre, bebiendo sus enormes cervezas, vigilados de vez en cuando por un jeep de la policía militar.» En ese mismo sitio había conocido a los dos mulatos, altos y guapos. Newton con facciones más finas y ojos claros; Roberto más tosco y también más vulgar. Mientras Newton guardaba siempre una elegante reserva y no pretendía hacerse invitar las cervezas ni hablaba mucho, Roberto en cambio no desperdiciaba oportunidad para obtener algo gratis. Yo me perdía entre aquella multitud semivestida; a la luz del sol o a la medianoche, vagaba con la misma camisa sucia, el pantalón vaquero desteñido y las sandalias rotas. A veces sin camisa y descalzo, con sólo el pantalón por toda prenda, sintiendo el cemento ardiente de la acera, las costuras ásperas del pantalón, pisando cáscaras de mango; con el sol en la espalda como un abrazo cálido y excesivo; jaloneado por las putas a la puerta de los burdeles diurnos; rodeado por una resaca humana que en las cantinas abiertas a la calle nada más salía de su sopor alcohólico durante los esporádicos asaltos de la policía militar que de vez en cuando se llevaba a rastras algún negro, luego de macanearlo. Perfectamente mimetizado con el medio en tanto no abriera la boca y me denunciara el acento extraño.

«¿Qué hago aquí, entre estas señoritas?» Algunos eran muy guapos, pero ninguno tan atractivo como mis dos amigos de los muelles. Acerca de ellos, estaba elaborando un plan que consistía en lograr que, siendo los dos tan amigos entre sí, acabaran en la cama. Para eso, claro está, el pretexto sería yo; pero, pensándolo muy sinceramente, aunque con dos estibadores hechos como de palo fuera una perspectiva digna de quitar el sueño, el atractivo mayor consistía en promover la «realización» de una amistad que ya había definido como antigua, profunda y heroica.

Roberto andaba padroteando una puta más bien desabrida que fichaba a unas calles de la Praça, y yo lo había acompañado con frecuencia a arreglar sus negocios. Yo era *o seu amigo mexicano*, lo cual sonaba *u seu amigo meshicanu*, y me sentía envanecido y satisfecho cuando Roberto le dedicaba un rato a su amiga, pero un rato apenas, como si en efecto fuera sólo por necesidad, por negocio, y volvía conmigo para abrazarme, seguir toda la noche de parranda, tomando cervezas, orinando en la calle y, por supuesto, reanudando aquella comunicación secreta y codificada en la que aún no quedaban claros todos los términos, pero en la que ambos teníamos en mente lo mismo. Misterios Eleusinos reservados, como siempre, a los hombres.

Newton presentía algo turbio en los planes de Roberto y se aislaba de la conversación. No era el tema del sexo aproximándose, revoloteando, lo que le molestaba. Yo presentía, sin poder explicar más ni encontrar palabras, que no era eso, sino algún elemento colateral. En la reticencia de Newton hacia las cada vez más claras insinuaciones que Roberto me dirigía, encontraba un reproche a éste. ¿Por qué? En ocasiones me asaltaba un vago temor. Newton era más bueno, si se puede decir, menos malicioso y rechazaba algo en los planes de su amigo que no era simplemente el sexo. Eso me inquietaba.

Habiendo ya decidido salir de aquel lugar, me retenía la inercia. Los muchachos bailaban casi a oscuras. Era una clase social muy diferente. Todos bien vestidos, bañados, perfumados con lociones importadas y agradables. Muchos podían tener una gota de sangre negra que apenas si les daba un rostro más interesante, pero ninguno llegaba a ser mulato. Todos eran guapos como sólo se puede serlo allá, a pesar de lo cual yo entreveía con nostalgia las putas de la Praça, las cervecerías bien iluminadas donde la gente es menos bella, más sucia y más harapienta.

«Por aquí no vengan nunca, sobre todo de noche», nos había dicho el chofer del taxi a un amigo mexicano y a mí, yendo del aeropuerto a la ciudad. Y desde esa ocasión se me habían ido los ojos sobre las aceras repletas de una multitud abigarrada y distante. Nos hospedamos en un buen hotel de un buen barrio, como correspondía. Por las mañanas íbamos a la playa de moda, subíamos a los miradores. Un par de turistas que esperan el carnaval y desean conocer lo mejor de la ciudad. Y sin embargo, para mí lo mejor había quedado atrás, en la visión instantánea de Praça Mauá, los barcos, las luces parpadeantes que anunciaban los bares, la multitud colorida y aún sin rostro.

Un día dije adiós a mi amigo, a nuestras cuentas escrupulosamente compartidas en los restoranes, y me instalé en uno de los lugares más sórdidos del mundo, un hotel para *cavalheiros*, un hotel sólo para hombres porque los servicios son comunes: escusados y regaderas de agua fría al fondo. En los cuartos apenas un camastro monacal sin más que una sábana, una sola, para cubrir el colchón y dormir sobre ella desnudo, sudando toda la noche, oliendo la brisa marina que llega de entre los barcos del muelle. Muchos duermen con las puertas abiertas y uno se queda siempre con la duda, ante la pequeña celda oscura: quizá el ocupante desea un poco de aire, quizá busca compañía y en este momento, al oír que alguien se ha detenido ante el umbral, escucha su propio corazón latir más fuerte, traga saliva y un cosquilleo amistoso le baja del estómago al sexo. Quizá es un error seguir de largo, pero no hay ninguna indicación posterior para entrar.

Un mundo peligroso y de efímeras satisfacciones, que son las verdaderamente inolvidables. Un mundo masculino, fuerte, descuidado; de alguna manera ascético porque no podría ser más parco; de otra manera lujurioso porque el sexo flota en el aire, el sexo real, puesto en práctica y que se identifica como semen resbaladizo en las regaderas, papeles sospechosos en los escusados, sábanas manchadas, sudor, ruidos extraños y apagados, rumor de pies descalzos que salen al pasillo por la madrugada y que no llevan la honesta dirección de los baños comunes. Hombres jóvenes y pobres que llegan de todo el país a buscar trabajo, a esperar un barco, a padrotear mientras son guapos o mientras otro lo bastante rico los redime temporalmente; la mayoría sólo quiere trabajar y cuando se dirigen a la regadera de agua fría, llevando su jabón en una mano y su toalla sucia en la otra, van pensando en bañarse, en llegar a tiempo a la cita con el administrador de los almacenes que ofrecen una vacante, pero la mirada de quien se encuentra en la regadera vecina los saca de su no simulada indiferencia, de su real lejanía, y midiendo de pies a cabeza al prospecto no dejan ir la oportunidad tan sólo porque no dejan ir nada que sea gratis, porque disponen de unos minutos y porque ¿por qué no? El mundo de los hombres y su sencillez, su falta de remilgos, su carencia de ceremonial. El mundo de los hombres y sus planteamientos directos, sin circunloquios. «No quiero», significa precisamente eso y no «sí quiero, mas no voy a demostrártelo sino hasta la semana próxima». No piden siquiera que los lleve uno al cine ni que los saque a bailar. Los dos quieren y quieren ahora. Y después vete, no te voy a poner casa. Nos veremos cuando quieras, si yo quiero. El sexo inmediato es una forma de castidad porque no hay gula ni preparación, no hay lujuria cuando, entre la primera mirada y la rápida despedida ha pasado un cuarto de hora apenas, y hay que apresurarse a la cita, salir a la calle recién bañado, recién venido, recién cogido, sin otro pensamiento que el futuro empleo en los almacenes, salvo, por un instante, el pensamiento ya a bordo del autobús: «tenía bonitas nalgas», y una rápida mirada al espejo del chofer para comprobar que el pelo húmedo está en su lugar y que el administrador no alcanzará a ver la rotura en la axila de la única camisa blanca. El mundo de los hombres.

De uno de esos hoteles era de donde salía, ya muy avanzada la mañana y con el sol muy fuerte, sin otra prenda que un pantalón desteñido, sólo por el placer de la desnudez, por el gusto de los pies progresivamente sucios.

Pero aquí, en Passagem Florida, las cosas son muy diferentes. Nadie se bajaría el pantalón en este rinconcito oscuro y si llegara a proponerle semejante desatino a cualquiera, se ofendería tanto como una novia. Allí están, haciendo cola para entrar al baño, mientras se bromean unos a otros, en vez de mear sobre una barda y divertirse salpicando al compañero.

Nuevamente me dije «ya me voy» y otra vez, dicha la frase ritual, seguí sentado sobre la barandilla.

Entonces lo vi. Allí estaba para siempre, para toda mi vida, para todas las vidas que yo viviera. Lo supe en ese instante, con la boca abierta y mi vaso de azulosa poción mágica temblando. La bebí íntegra para ser el hombre más guapo del mundo, después de él, por supuesto; para convertirme en el hombre que él había entrado a buscar, para mostrar la señal secreta con la que debería identificarme entre la multitud. Sólo dije «puta madre», despacio, sin entusiasmo, sin los excesos que habían acompañado a otros agradables encuentros en la playa, porque aquello era otra cosa, no se trataba sólo de su excepcional belleza masculina, sino de que había llegado para llenar toda mi vida. Yo lo sabía. Al cabo de los siglos estaba allí.

Fue casi como un reconocimiento. Como si sentado sobre la balaustrada lo hubiera estado esperando todos estos años, impacientándome, perdiendo la esperanza, recuperándola, dándome un nuevo plazo y dándoselo también a él. Por eso sentí más paz que excitación. Una regocijada tranquilidad, una felicidad que nada más se distinguía por el brillo de los ojos, llenándome, derramándose. Por eso quizá ni siquiera dije «puta madre», ni siquiera dije nada, sólo entreabrí muy ligeramente los labios y tuve la convicción absoluta de que mi vida tenía sentido. Repasé en un instante —como dicen que ocurre al morir con la existencia entera en sus detalles más nimios— las circunstancias que me habían llevado a ese lugar. Primero las que me habían sacado de mi país, luego las más precisas: la decisión de no ir el día anterior a Corinto, sobre el río San Francisco; el momento en que pensé ir al Passagem en vez de permanecer en Praça Mauá. Si eso les ocurre a los que mueren, entonces yo morí allí mismo, porque cada detalle apareció, nítido y fiel, para remontarme hasta muchos años atrás, a la adolescencia, cuando quizá se habían desencadenado los acontecimientos que me ponían en el Passagem Florida, o a la infancia y al momento en que nací casi muerto y pude haber muerto, pero una tía no perdió la esperanza e hizo un último esfuerzo por salvar al niño semiasfixiado que finalmente reaccionó cuando el médico ya ni le prestaba atención. Si los años se despliegan así en el instante de la muerte, entonces ya he muerto alguna vez y fue sobre una balaustrada de madera y cartón pintado.

Me acerqué con la convicción del que recibe al ser amado después de un largo viaje, y encontré la sonrisa y la respuesta debidas. No podía ser de otra manera. ¿Cuánto tiempo nos habremos quedado mirando? Quizá unos segundos en los relojes, pero nos miramos el tiempo necesario para iniciar la unión perfecta que nos llevaría a envejecer juntos.

Me parecía extraño haberlo encontrado allí y no en Praça Mauá, que le iba mejor, pero así ocurre siempre: cuando se está desprevenido ocurre tanto lo bueno como lo malo.

Roberto y Newton se esfumaban. Me daba cuenta de que no volvería a pensar en ellos ni en ningún otro hombre más.

Vagamente entreveía que mi vida iba a requerir importantes ajustes, pues ya no era un turista: esa noche, con él, acababa de adquirir mi residencia y mi nacionalidad. Un escalofrío me dejó helado cuando pensé que pude no haber ido al Passagem, o que a los once años pude haber emprendido otra vida, o a los diecinueve, o... Una catarata de posibilidades me alejó de él, me llevó a perderlo, o, mejor dicho, a no haberlo encontrado. Entonces lo abracé con desesperación y con tristeza; necesité dar un paso adelante para alcanzarlo en mitad de un movimiento suyo y esto lo sorprendió, pero debo de haber transmitido algo muy desolado, pues enseguida respondió con un cálido abrazo. En ese momento lo olí. No traía ninguna loción. Era el aroma de su cuerpo. Un olor tibio, si se puede afirmar tal característica, oscuro, una vibración masculina, limpia, sana, extraordinariamente sensual, entre cuero fino como el de ropa cara de piel y aceite para niños. No me volví a separar.

Su aroma había revolucionado una aceleración que poco antes semejaba haber llegado al máximo. No me separé ya jamás de él, lo digo así porque de la misma manera en que el pasado había sido visto en un instante, igualmente mi futuro se asociaba para siempre a aquel aroma natural, de hombre.

«Hueles como la estación Ópera del metro de París», le dije y soltó una breve risa de dientes sanos y fuertes.

Cuando más tarde fui a la barra para comprar dos vodkas, y lo miré de lejos, le pregunté en silencio, dentro de mí, sintiendo que algo se me derretía en el pecho: «¿Quién eres? ¿Quién eres, grandísimo cabrón?» Y yo mismo no entendía mi pregunta, no me podía explicar lo que significaba y a la luz de mi razón no tenía sentido alguno. Pero algo irracional, lo mismo que me hacía sentir que el pecho se me venía abajo, insistía en formular la pregunta y le daba significado. Más allá de cualquier análisis inteligible, le seguía preguntando desde lejos: «¿Quién eres?» Mi insistente mirada lo hizo voltear, una gran seriedad en sus ojos antes sonrientes, y en aquella fijeza supe que estaba dando respuesta a mi inquietud.

Cuando saliéramos del bar empezaría nuestra existencia. Hasta aquí el encuentro, después, afuera, la vida plena hasta la vejez amable y la muerte tranquila. Por lo mismo apresuré la decisión de salir. Al escucharme la propuesta, aceptó con el entusiasmo de quien no se ha atrevido a solicitar lo mismo y de pronto lo descargan de esa preocupación.

El Passagem Florida estaba iluminado, como siempre con aquella inmisericorde luz de neón. Por un extremo, como a través de un túnel, se veía el mar, el inicio de un amanecer rosáceo sobre la bahía; por el otro, la calle donde ya circulaba algún autobús mañanero, todavía con las luces interiores encendidas. Al fin. Había empezado la cuenta de mis días felices, «los días que pasaré en tus brazos», me dije, y con una sonrisa quise repetírselo, pero a mi lado caminaba un muchacho gordito, blanco, de manos pequeñitas, de andar ligeramente afeminado y olor ácido como el sudor de las mujeres. Me detuve para esperar a mi amigo. Hacia atrás el Passagem estaba vacío. Con una sonrisa embarazada empecé a explicarle al desconocido, quien parecía esperar cortésmente a que yo concluyera mi frase, que no le hablaba a él. Pero al mirarlo de nuevo le encontré un remoto parecido con el hombre a quien estaba dirigida la solicitud de que me tuviera para siempre en sus brazos. Podían ser primos. Lo miré de arriba abajo con tal detenimiento que se cohibió, una especie de vergüenza injustificada le pasó por los ojos. Luego dijo sin mucho convencimiento: «¿Seguimos?», y me señaló el camino por el que debíamos continuar para salir del Passagem e ir a su casa. Yo di unos pasos como si me hubieran golpeado en la cabeza y a la mitad del Passagem, sobre una grada, caí sentado y me puse a llorar con la cabeza entre las rodillas. Lloraba como habría llorado de niño a mi madre si hubiera muerto, sintiendo que era el hombre más solo y más triste del mundo, y me parecía imposible que atrás, en sentido contrario al que llevábamos, aún pudiera ver el mar, el mismo mar de antes, imperturbable. «Te he perdido más irremediablemente que si te hubieras ahogado en la bahía de Guanabara».

Pero esto último no es verdad. No caí sentado en ninguna grada, la vi y pensé que lo hacía y que lloraba con la cabeza entre las rodillas, sacudiéndome incontrolable. Pero no es cierto. Vi la grada y seguí de largo, dejándome conducir como un toro que llevan al matadero, sin escuchar lo que me decía, con un gran nudo en la garganta que supe disimular. En cambio creo que sí dije lo de la bahía, pero fue en español y apagado, así que no comprendió nada.

EL VINO DE LOS BRAVOS

a Ernesto Bañuelos

Las Ramblas a las tres de la mañana, cuando están llenas de gente que pasea como si fuera apenas el atardecer. Un auto se encuentra estacionado junto al callejón que da acceso a la Plaza Real. Desde afuera pueden observarse movimientos inusitados en los hombros del muchacho que lo ocupa, un hombre de poco más de veinte años. Desde el mínimo encubrimiento de su auto, Rodrigo se cubre la bragueta con un pañuelo blanco, carpa aséptica sostenida por una gruesa columna que agita furiosamente mientras ve a todos los hombres que pasan; los mira con una especie de rencor, de odio sombrío. Igual hace suyos los árboles, las bancas y los faroles. A veces también la gente lo mira, sobre todo quienes llegan por detrás del auto, pero él no siempre se interrumpe ni disimula su acción. Entonces los paseantes apartan la vista y suponen que no vieron lo que vieron a las tres de la mañana, cuando las Ramblas están llenas de gente sin sueño que viene de toda Barcelona. (La niebla avanza sobre Venecia transformándola en un Guardi esfumado y lechoso... Marie Kelly vivía en el número 13 de Miller's Court off Dorset Street y allí tuvo lugar el más espantoso destripamiento... Otro ocurre, está ocurriendo, en el Museo Vaticano, en un cuadro de Poussin donde San Erasmo cuelga ensartado de una soga que le atraviesa el abdomen... En Covent Garden se suspenden las respiraciones, ¿es Mozart? No, es Schubert, *Du libst mich nicht*: *Tú no me amas*.) El marido pregunta a su mujer si dan una vuelta más antes de volver a casa, si comen una tapa, si entran al barrio chino que está allí junto; los marineros cruzan la calle, salen de los restoranes, de los cines que cierran, de los bares. Una mujer atractiva mira con descaro dentro del auto y se cubre la boca sonriendo. Hay muchos hombres guapos en toda la calle, hasta la plaza de Cataluña, y dormidos en sus cuartos tibios hay más, con el cálido aroma de sus axilas junto a la almohada. El mundo está lleno de ellos. Hay millones que nunca conocerá Rodrigo, sentado al volante de su auto mientras aprieta en la mano la blanca columna que le sale de las piernas envuelta en el pañuelo recién planchado. Y por lo menos un millón son tan bellos que harían sonar las trompetas del Día del Juicio si llegaran a juntarse en la misma ciudad. Hay negros y mulatos que debieran ir siempre desnudos, rubios de antebrazos velludos y cejas infantiles sobre los ojos azules, morenos que abrirían en dos las aguas del Atlántico si se lo ordenaran. Habría que conocerlos a todos, recorrer todas las estaciones de ferrocarril donde los hombres se miran unos a otros en los mingitorios y entran apresuradamente a los gabinetes para bajarse los pantalones; los baños, los clubes, los cines en los que después de dos miradas un muchacho se abre sin más la bragueta y hace una señal de invitación; los bares en los que, después de tres horas, cuando se tiene casi perdida la esperanza y se va a pedir la cuenta, entra un hombre que no pisa el suelo: se sostiene un centímetro en el aire y sus ojos son los de José en el momento de interpretar los sueños a Akén Atón, excepto porque han contemplado todos los pecados a los que su maravillosa carne está acostumbrada, y de codos en la barra pide una cerveza mientras sonríe con gracia y levanta su vaso para brindar con el desconocido que lo observa fascinado: discreta coquetería masculina. Pero entonces, después de agotar este millón en los bares, las salas de baile, las playas y las calles del mundo, quedarían cien millones de hombres que no nos estremecerían con las trompetas del Juicio, pero sí harían sonar todas las campanas del planeta, las echarían a vuelo si por descuido fornicaran todos al mismo tiempo. Agotada la belleza «ese grado de lo terrible que aún podemos soportar sin que nos fulmine», aún quedan los que no conmueven salvo por el bulto enorme que llevan entre las piernas como si fuera un gato adormecido, los de brazos perfectos, los de piernas de gladiador, los de hombros poderosos que bajan en triángulo hasta la cintura firme, los de nalgas pequeñas y duras como duraznos. Y todavía los que no poseen nada de esto pero caminan como si lo tuvieran y al pasar miran con una sonrisa entre irónica y supremamente viril metiéndose la mano entre las piernas, como aquel obrero de Monterrey que esperaba su camión en la esquina: «Mi mujer está dando a luz y necesito echarme una buena cogida»; y se va con Rodrigo por una cerveza a un bar y después al hotel más cercano. Rodrigo se desborda como una fuente desnudo a la mitad de la Rambla, se mira desde el coche en penumbra abriéndole la bragueta a un marino jovencito de bigotes rubios, bajándole los pantalones a un cantante de flamenco que podría cobrar a hombres y mujeres por permitirles contemplar sus labios, su nariz, sus cejas. ¿Cuánto pesas? Pregunta en Roma a un milanés alto y feo que hubiera podido cargar a una mujer en cada brazo durante el rapto de las sabinas. Es ingeniero y en invierno va a un gimnasio. En verano practica natación. Tiene tres hijos, los tres hombres. ¿Cuánto pesas? Pesa ochenta y nueve kilos. Tiene las canillas tan gruesas como aquel muchacho ateniense que no hablaba sino griego, ni una sola palabra de otro idioma salvo *yes*, su respuesta a cualquier deseo, y al que sigue por toda Plaka, por toda Atenas, tratando de decirle que tenía las manos más gruesas que jamás hubiera imaginado. Pero el manual francés-griego, no tenía una sola frase semejante a aquello, todo era «buenas noches, señor, quiero un café con leche». Terminaron en un hotel de paso después de buscar en vano, bajo el sol del mediodía, un lugar donde la vegetación los cubriera. La vegetación tropical, porque la búsqueda al sol ocurrió en Cozumel, con el zumbido de las chicharras del verano y la reverberación del mar y de la arena blanca. Entraron en los matorrales calientes hasta quedar bajo la cúpula de un árbol cuyas ramas alcanzaban el suelo. Aquí está bien, susurró con la voz ahogada. No, dijo el muchacho, que bien pudo estar en São Paulo y llamarse Nelson. Su casa quedaba muy cerca y lo podían ver desde allá. Caminaron largo rato entre los lotes baldíos cubiertos de vegetación alta, pero ninguno le parecía a Nelson bastante escondido. El sol arde en los hombros y Nelson se quita su delgada camisa. En la rambla del Mercado, Rodrigo le suplica que entre por una tapia rota a un solar y Nelson se niega. Rodrigo continúa su higiénica obra envuelta en un blanco pañuelo de algodón recién planchado, aquel pañuelo blanco que impide aun el contacto consigo mismo. Sobre un puente, sobre el Rialto y no otro, el hombre señala hacia el Gran Canal invisible a causa de la niebla lechosa. Lástima, no se puede ver nada, y es la mejor vista de Venecia. *Peccato!* Rodrigo no responde. El hombre lo mira, derecho, sin dudar. Sólo quiero ver, ¿me dejas? Rodrigo se niega con una sonrisa. ¿Por qué? ¿Por qué no? Sólo un poquito. Sin dejar de ser amable, pero firme, el joven responde: porque no quiero. En lo alto del Rialto el hombre tiene una súbita inspiración y exclama: ¡pero si no traes slip! Rodrigo entiende el término a pesar de no conocerlo, sonríe sin responder y desciende, porque el hombre está a punto de meterle allí mismo en público la mano bajo el pantalón. La niebla apenas deja ver sombras de colores al otro lado del canal, como en ciertos Guardi. Por la madrugada viaja en un tren repleto a toda velocidad. En la siguiente estación suben más soldados, jóvenes que hacen el servicio militar y que llenan siempre las estaciones, uniformes verdes y blancos, borlas rojas en unas gorras, borlas azules, plumas negras, botones dorados: ¡No caben! ¡Ya no cabe nadie! Pero entran otros cuatro que no logran dar un paso más y se quedan a media plataforma con las maletas entre las piernas, pisando botas y paquetes. Un hombre maduro y su hija, una jovencita muy rubia, hacen esfuerzos por subir, pero ya es imposible: ¿Cómo? ¿No pueden hacer el favor de moverse un poco? Nadie responde. ¡Hagan el favor, por amor de Dios! Alguien le pregunta si no ve que no cabe nadie, ¿para dónde se van a mover? Pero poco antes de que el tren arranque llega otro soldado con una maleta de cartón y un largo pan bajo el brazo. Sólo empuja y dice: compañeros, tengo que subir. Y sube. Queda parado, sin que haya protestas, sobre la maleta de uno y la bota de otro y el tren arranca. Todos traen abrigos verdes. Es invierno. Uno de los soldados se bambolea frente a Rodrigo. El tren los mece, poniéndolos cara a cara. Entonces el soldado mira como adormilado la bragueta del único civil, el único pantalón de mezclilla desteñida, se mete una mano en la bolsa del abrigo y la acerca a Rodrigo aprovechando los movimientos del tren. Parece que se va durmiendo de pie. Cuando su mano pierde posición, mira hacia abajo y la acerca de nuevo. Siente la erección y cierra los ojos. Se bambolea hasta que el tren se detiene en otra estación helada, baja y Rodrigo se apresura a cubrirse. Con cada carnicería sucesiva, repite el guía echando rápidas miradas al Secret London, el apetito del asesino por la sangre y la mutilación aumentaba. Su última víctima sufrió el más terrorífico destripamiento de todas. Marie Kelly, una atractiva joven de veinticinco años, fue encontrada el viernes 9 de noviembre tirada desnuda en su cama. Los ochenta y nueve kilos de Pietro, que podía sostener a una sabina en cada brazo, le caen encima. Tiene la piel húmeda y sus brazos envuelven a Rodrigo como una boa durísima. ¿Te gusta así? Era ingeniero y trabajaba en Milán, había venido de vacaciones a Roma. Rodrigo baja del tranvía y entra en una sauna de Ámsterdam, donde hay, entre los cientos de hombres que llenan tres pisos de salas a media luz, unos veinte jóvenes muy similares: delgados, cintura sin grasa, pelo muy corto, como cadetes; uno le dice que modelan *blue jeans*. Hay movimientos a lo largo de los pasillos en penumbra, se mueven cortinas, tras cada cortina hay un diván. Huele a madera, a eucalipto. En salas mayores, casi a oscuras, se distinguen grupos de hombres que se abrazan. El más atractivo de los jóvenes parecidos a cadetes está en una de estas salas. Al entrar no se distinguen más que vagos movimientos en la penumbra. El muchacho, el vaquero pelado casi al rape, está de pie y se inclina en ángulo recto ante un hombre de aspecto desagradable que le llena la boca, otro le cubre la espalda, con cada mano masturba a otros dos hombres. Hay más, quizá unos diez, que se frotan contra los muslos, los hombros y el pelo del vaquerito. En cuanto uno de ellos eyacula, otro ocupa su lugar. Así tiene ya el recto lleno de semen que le ha escurrido por los muslos hasta los pies. Rodrigo hace lo mismo. Sin distingo de hombres, sin verlos, jóvenes o viejos, guapos o feos, toma la posición del cadete bellísimo. Los ochenta y nueve kilos de Pietro, ingeniero de la industria automotriz, le separan los muslos y, de un golpe, lo levantan. Pietro de pie sostiene a Rodrigo en vilo. Con pasos lentos de gigante lo lleva hasta el espejo. Uno de los desconocidos le eyacula sobre la espalda, otro hace lo mismo al poco rato. Quienes los sustituyen encuentran así más suave la piel de Rodrigo, se frotan contra su cuerpo terso, lubricado. El que está sobre su espalda se mueve más rápido, le muerde el cuello, la nuca, y le clava las uñas en el pecho. Rodrigo siente muy adentro los chorros tibios que le está arrojando con fuerza y luego cómo decaen. Otro desconocido ocupa el lugar. En una sala que ilumina un tragaluz de vidrios opacos se encuentran seis grandes cuadros. No hay una sola persona y el guardia del museo almuerza en un corredor. Un cuadro de Poussin en donde a San Erasmo lo atraviesan por el vientre con un enorme garfio seguido de una cuerda y así cosido lo levantan en vilo. San Pedro cuelga boca abajo clavado a la cruz. Un San Lorenzo de José Rivera está siendo asado en una enorme parrilla ardiente, a San Esteban lo apedrea una multitud, un par de santos mártires yacen cada uno con la cabeza entre los pies del otro. Marie Kelly vivía en el número 13 de Miller's Court off Dorset Street (ahora White Row) cerca de Commercial Street. Como las otras víctimas era una prostituta, pero fue la única atacada en su propia casa. El cuello había sido tajado de la manera usual, las orejas y nariz arrancadas y los pechos removidos y colocados en una mesita junto con el corazón y los riñones. El vientre de la mujer había sido cortado y abierto y su hígado colocado sobre el muslo derecho. Como otras veces, el útero había sido arrancado y nunca pudo encontrarse, frase con la que el guía sugiere que el asesino podría haberlo devorado. Las grandes poleas rechinan cuando los soldados tiran de la cuerda. El cuerpo de San Erasmo asciende, la cuerda lo cruza por encima del ombligo, San Lorenzo ya tiene la espalda asada, Rodrigo siente que se le inicia una impetuosa erección bajo la luz blanquecina del tragaluz. El cuerpo de San Erasmo se balancea cuando Pietro ruge con todo el amplio pecho, en el cuello ancho se le marcan dos enormes venas, el abdomen se le endurece y saltan los músculos cuadrados que lo acordonan. Rodrigo recibe la descarga violenta del gladiador moderno padre de tres hijos. El tren oscuro, al fondo de la estación donde no alcanzan las luces ni se escuchan los avisos de salidas y llegadas. Con gran temor, Rodrigo había seguido a aquel joven teniente que tardó mucho en abrocharse el pantalón cuando lo encontró orinando y que, aun más, todavía hizo tiempo junto a los mingitorios mirando de frente a Rodrigo, luego se peinó y se caló el quepis para esperar a que el muchacho terminara. Salió y echó a caminar asegurándose de vez en cuando de que era seguido. Así llegaron hasta los andenes. Sentado en una banca en penumbra se dejó abordar por Rodrigo. Hablaron de cualquier cosa, mirando al tren vacío y oscuro que tenían enfrente, pensando lo mismo al verlo. El cemento de la banca estaba helado. Cuando nadie pasaba cerca, el teniente se puso de pie y sin hablar se abrió el abrigo verde. Rodrigo siguió la instrucción, pero resultaba difícil desabotonar la bragueta porque la erección distendía la tela. Pasó un grupo con maletas y el teniente se cubrió con el abrigo. Vamos al tren, dijeron casi al mismo tiempo. En varios compartimientos encontraron gente que había llegado con mucha anticipación para obtener lugar y hablaba muy bajo en la oscuridad del tren inmóvil y alejado de la estación. Al fin encontraron un compartimiento vacío y alejado de la gente. Rodrigo se bajó de inmediato los pantalones, desabotonó el uniforme y al hacerlo sintió el olor del sexo que no había dejado de estar erecto desde que salieran de los escusados. Era como si bajo la piel hubiera un trozo grande de madera. No se quitó el abrigo militar porque el compartimiento estaba helado. Ambos tiritaban de frío, pero Rodrigo temblaba además a causa del temor vencido que ahora le entregaba en premio a su atrevimiento el calor que emanaba de la bragueta abierta y que pronto sintió junto a su piel. El teniente se acomodó, puso con firmeza las manos sobre el pecho de Rodrigo y de un golpe quedaron unidos. La excitación anterior no le permitió gozar mucho. Rodrigo sintió los vellos púbicos raspando contra sus nalgas, los testículos que colgaban golpeando un poco a cada esfuerzo, el calor del cuerpo que se le doblaba encima, y en eso ya el otro había eyaculado. La primera víctima fue Hanna Tailford, quien fue encontrada desnuda en el Támesis por el rumbo de Hammersmith Bridge con las medias y las pantaletas metidas a fuerza dentro de la boca. Había sido estrangulada. Otro cadáver desnudo fue encontrado poco después en Osterly Park: Helen Barthelemy, una prostituta y desnudista de veintidós años, prosigue el guía, mostrando el lugar de Osterly Park, al pie de una vieja casa de ladrillo rojo y entre unos botes de basura dejados en el callejón, donde habían encontrado a Helen Barthelemy. Un examen post mórtem reveló que había sido asfixiada de una más repugnante y antinatural forma. Sus dientes frontales habían sido golpeados y se encontraron grandes cantidades de esperma humano en su esófago. Se dijo, concluye el guía con voz natural, que había sido asfixiada por la intrusión del pene del asesino dentro de la garganta durante el curso de una violación repetida, llevada a cabo antes y después de su muerte. El pene del asesino, extraordinariamente grueso y grande, por los datos del examen, causó la asfixia mientras eyaculaba en tan gran cantidad que el semen alcanzó el estómago. Un cuarto cadáver fue encontrado en Acton el 14 de julio en las mismas condiciones que los otros: desnuda, sin dientes frontales y con semen de hombre en la garganta. Marcas de dedos y magulladuras indicaban que había muerto en posición arrodillada, con la cabeza cogida por encima de las rodillas del asesino desconocido. En Covent Garden tiene lugar un recital de Schubert y Mozart. ¿Quién si no Elly Ameling podía cantar así?: *Du libst mich nicht, Tú no me amas.* Te vi ayer, dijo el guardia. No vine ayer aquí. No, pero te vi en el Partenón, o quizá, dijo, te vi en Karnak o en Teotihuacán. Cierto. Era el guardia a quien el día anterior había descubierto mirándolo insistentemente desde lejos. Caminaron por los Jardines Reales hasta la hora de cerrar. Después de permanecer sentado durante una media hora sin atreverse a entrar al cuarto de vapor, en aquellos baños de Bangkok, se levantó decididamente: ¿a qué vine, entonces?, y de un tirón abrió la puerta metálica. El espectáculo lo hizo volver a cerrar y regresó al cuarto de descanso. Había sido como un grabado de Doré: el vapor salía del piso, subiendo iluminado por un tenue foco rojo, entre los cuerpos blancos apiñados en aquel pequeño espacio y de los que emergían pies, brazos, piernas, en pausado movimiento. Volvió y, de un salto, conteniendo la respiración, penetró en el vapor enrojecido y se confundió entre los cuerpos oscilantes. En los Jardines Reales se cruzaban con otros guardias que no le pedían a Rodrigo que saliera, aunque era tiempo de cerrar. Los Jardines quedaron vacíos. Hectáreas de naranjos, arbustos y flores. El olor de la tierra húmeda donde las naranjas caídas empezaban a podrirse y la vista de los lugares donde la vegetación se espesaba, lo excitaron casi tanto como la soledad, pues en Central Park ya no había nadie y sólo algunos rascacielos de Manhattan sobresalían por encima de los árboles. Todo el mundo había salido de Capo di Monte, aun los guardias, y allá abajo se extendía Nápoles. Por entre las ramas quietas, sin una brisa entre las hojas, pudo distinguir los reflejos del sol en los cristales de Chapultepec. Caminaron por una estrecha vereda que se dirigía a una reja de servicio. El guardia no parecía tener ninguna prisa. Las pocas palabras que podían cruzar ya habían sido dichas. Ambos se miraban de vez en cuando y caminaban más despacio. Cuando la vegetación se tupía, se aceleraba la circulación de Rodrigo. Varias veces pensó «ahora», pero siguió caminando, pisando las naranjas hasta hacerlas estallar, viendo al guardia que le regresaba la mirada. El aire parecía haberse llenado de un polvo muy fino. Sobre los altos capiteles del templo de Zeus cayeron los primeros tonos dorados, pero aún hacía calor. El guardia dijo algo, se alejó unos pasos y empezó a orinar junto a un árbol, de frente a Rodrigo. En ese sitio la visibilidad era de unos cuantos metros porque la vegetación del parque los envolvía por todas partes y el camino estrecho parecía terminar en una vuelta. Rodrigo miró a su alrededor, pensó en la reja cerrada que los separaba de Túnez, en el mar cercano, en la soledad del parque donde sólo quedaban él y otro hombre que al terminar de orinar se sacudió más tiempo del necesario, hasta que lo tuvo erecto. El aire tibio lo ahogó como una ola de sangre y empezó a desnudarse mientras el guardia seguía sacudiéndose, excitándose. La tierra negra entre los dedos de los pies, el jugo de las naranjas podridas, el aire sobre el sexo desacostumbrado a la intemperie. Caminó hasta el guardia. Su propia desnudez lo estimulaba aún más, le producía una exaltación irresistible que afinaba las sensaciones al extremo. Al avanzar sentía cada rama que le rozara la piel, cada aspereza inusitada sobre el sexo que con los rasguños de varas y hojas iba pasando a ser la única conciencia de Rodrigo, el lugar donde se concentraban todas las sensaciones y aun los pensamientos. Por eso lo sentía crecer, no de la manera natural en que crecía ante los ojos del guardia, sino con un movimiento avasallador que disolvía el cuerpo entero fundiendo la sensualidad de los pies, la de los dedos entre los que la tierra negra penetraba, la del pecho al aire y la espalda humedecida por la hierba, en una sola y única experiencia donde nada más existía un sexo que avanzaba perforando los matorrales, sufriendo la ruptura de pequeñas ramas en la punta endurecida y sensible como una gruesa antena. La piel de su cuerpo se distendía bajo aquel sexo que se prolongaba por piernas y brazos, invadiendo cada célula, hasta que percibió con los testículos el suave descenso de la temperatura a la caída de la tarde y el paulatino oscurecimiento bajo las copas de los árboles. El guardia se hincó, lo estrechó por las rodillas y abrió la boca para que el todo-sexo penetrara en ella. Caminando a lo largo de la playa llegó aquel hombre, uno de esos que cuando pasan hacen cruzar las piernas a las mujeres por temor a que las deje embarazadas. Su olor y sus vellos, aquel peso enorme balanceándose y sudando sobre unas carnes bronceadas, producía en los vientres femeninos una extraña fijación, un sutil cambio genético que forzaba la matriz y daba hijos de aquel hombre que las había poseído en innumerables sueños y en instantes de vigilia en los que el asalto no era rechazado de inmediato, como sucede con las ovejas que beben agua en abrevaderos rayados y luego dan crías pintas. Aquel hombre tenía un amigo que no hacía voltear a las mujeres, pero, desnudo, todos los hombres lo miraban porque tenía una verga que le llegaba a medio muslo. Recostado en la arena de una playa de San Francisco, Rodrigo deja su pulcro pañuelo blanco. A esa hora en Zihuatanejo el sol calienta la playa como una plancha de hierro. Es la hora en que pasan, cubiertos de aceite, bronceados, rojizos, los dos amigos. Al ver a uno, Rodrigo podría dejarse cocer al sol, o sobre una parrilla atizada por soldados romanos mientras San Erasmo pende con el abdomen perforado; pero el otro también está desnudo y sus vellos púbicos semejan la hierba en torno a un tronco que apenas rodearían veinte hombres adultos. Caminan hacia las rocas, al final de la playa. El reflejo del sol en las olas le impide mirar la cara del californiano que tiene enfrente, pero lo reconoce cuando tiene que abrir desmesuradamente la boca. El otro lo cubre por la espalda. Rodrigo resbala cuando una ola azota sus tobillos, pero los dos camioneros lo sostienen al aire en ese callejón de Brooklyn, cerca de la Merced, mientras el guía repite que había sido asfixiada de una más repugnante y antinatural forma y que se encontraron grandes cantidades de esperma humano en su esófago. El número 13 de Miller's Court off Dorset Street (ahora White Row) cerca de Commercial Street y la sala del Museo Vaticano donde San Lorenzo se asa al chirriar de las poleas que levantan a San Erasmo perforado por una soga, reciben la misma luz cenital y lechosa. La niebla se espesa sobre el Rialto. Los amigos se mueven al mismo ritmo, con la práctica que les ha dado el buscar siempre un trío, conteniendo el clímax hasta que Rodrigo les pide a señas que terminen. Entonces empiezan a fluir, a derretirse, como si cayera fuego sobre la playa y el agua se evaporara. Se mezclan en un solo individuo que se expande en el aire sobre la plancha de rocas calcinadas y Rodrigo siente el calor de la boca del guardia en torno a todo el cuerpo que es ya todo sexo, la lengua lo oprime, la saliva le reblandece la piel. Exhala cuanto aire ha acumulado en los pulmones y el guardia recibe una catarata espesa. El teniente, que nunca se quitó el abrigo, deja caer el quepis en el suelo del compartimiento del tren oscuro, hunde con fuerza los dedos en el abdomen de Rodrigo y no hacen otro ruido que el de los cuerpos al caer sobre el asiento del tren por temor a que los escuchen los pasajeros que esperan la partida del tren nocturno. En la sala de la sauna los cuatro hombres que rodean a Rodrigo lanzan un solo quejido mientras un quinto, de rodillas, siente los golpes sucesivos en el fondo de la garganta. Pietro casi lo asfixia con la fuerza de sus brazos y el peso de su cuerpo mientras le llena el recto abundantemente. En el escusado de un cine, luego de asegurar la puerta y bajarse los pantalones, un hombre con aspecto de boxeador le lame los testículos, le mete la lengua en el ano, mientras Rodrigo arroja contra el mosaico de la pared un semen amarillento que escurre lentamente hasta el suelo en cantidades que pasman al hombre de la nariz quebrada apenas visto allí afuera en los mingitorios, y con el que entró rápidamente al escusado. Un policía grita: se cierra, se cierra. El hombre sale a toda prisa. Rodrigo hace lo mismo un momento después y alcanza a verlo a lo lejos, en el pasillo del cine. Va arreglándose el pelo con la mano. Rodrigo se queda un instante con el pañuelo blanco en la mano, abre la boca, hace esfuerzos por contenerse dentro de su auto, pero Pietro inicia un último movimiento, el guardia del Partenón mueve la lengua una vez más, el agua se evapora más rápidamente con el rechinido de la polea que levanta a San Erasmo mientras el guía repite que había sido asfixiada por la intrusión del pene extraordinariamente grueso y grande del asesino y que la asfixia sobrevino mientras eyaculaba, la torre de cuerpos cae al suelo con los últimos espasmos. Entonces una ola cubre aquel sexo restallante bajo la piel del cuerpo y una sombra roja ciega a Rodrigo. Las Ramblas se iluminan por un instante. Golpea con la cabeza el claxon y se sobresalta. En Covent Garden, Elly Ameling arranca lágrimas: «*Du liebst, du liebst mich nicht...*» «Tú no me amas...»

POSDATA QUE PODRÍA ENVIAR *EL VAMPIRO DE LA COLONIA ROMA*

a Luis Zapata

la neta   ni sé por qué fui   será porque me dijo
enrique   aquel doctor chavonzón del que te conté
que uno debía   hacerse un
examen desos cada seis meses   y más como yo
    que ya ves   pus   bueno ya sabes «lo
del talón»   entons que me bajo en la estación
    en la que queda en frente de los laboratorios
        ya sabes cuáles ¿no?   los
frontera   así se llaman aunque no están
en frontera   bueno pero en frontera sí
hay unos   recién llegado al defe ahí mhice
unos   unos análisis   bueno
    pero éstos quedan por la calzada de tlalpan
        pagué un vederrele y al rato me   llama
un enfermero   digo   porque a mí se me
hace que no era doctor   ¿o sería estudian-

te? no es que estuviera muy chavo pero así como que se le veía que no era doctor algo ¿no? y me dice que me descubra el brazo «usté quiere un vederrele ¿verdad?» me dice aunque tenía la hoja en la mano esa que llenan a máquina a la entrada cuando uno paga y yo pus que sí y me estaba arremangando cuando veo que el doctor el enfermero ése pues como que le temblaba la mano y yo «este güey no me vaya a picotear todo» porque nomás vieras cómo estaba que la pinche jeringa se le andaba cayendo y pienso que ha de ser novato chin ora sí éste va a aprender conmigo pero pus ya ni pedo ¿no? ya ni modo que me saliera diciendo que me había acordado de unas cocas que debía llevar para la comida así como que era gacho y me aguanté pero entons que el pinche enfermero sigue a tiemblitiemble y sí me saqué de onda ya me estaba viendo todo lleno de sangre cuando el enfermero deja la jeringa en una mesa porque no la podía ni sostener y me pregunta que si tengo escurrimientos «¿escurrimientos? no si nomás vengo a hacerme la prueba pero no tengo nada» y el otro como si no me hubiera oído «descúbrase» que me bajara los pantalones pues y pus me los bajo pero le digo

que no tengo nada ques por pus
por rutina ¿no? que ai iba yo pasando en
el metro y me acordé pero el pinche
enfermero estaba sordo «bájese también
la trusa vamos a comprobar que no haya
escurrimiento» y pus tampoco era cosa de
negarse ni que fuera una pinche señorita
así que me encueré todo y ai estoy
con el pito al aire y hasta me daba vergüenza
que se me pusiera tan chiquito «chin
va a pensar que así lo tengo» pero entons no
me dice como todos los doctores ya
ves que no te agarran el pito sino que te dicen
«péleselo» «ora jálele» «ora haga
estotro» y ai te tienen a puñeta y puñeta
pus éste se sentó en un banco y me
empezó a dar un como masaje que para ver si no
me salía nada y claro que no me salía
pero él preguntaba «¿le duele?» y yo pus
que no y seguía dándole así
medio chistoso le jalaba de atrás para adelante
como si estuviera sacando algo
y a mí que se me empieza a parar ¡uta!
¡cómo me daba vergüenza! y hacía esfuerzos
por que no se me parara y más o menos podía
controlarme nada más se me alborotó ¿ves?
así como que se me puso grande pero
sin pararse porque yo hasta cerraba

los ojos y pensaba en una pared blanca
estábamos junto a una ventana con vidrios de
los esmerilados así que no se veía para dentro
pero yo sí podía ver las cabezas de las
viejas que estaban sentadas en las bancas de espera y
que se recargaban en el vidrio
apenas si habría un medio metro entre ellas y nosotros
miraba sus pelos aplastados contra el vidrio
entons que tocan porque el enfermero
había puesto seguro a la puerta «¡quién!»
grita medio desafinado así como
ronco ¿no? pus que traían sabe qué
entons me dice «¡cúbrase!» y yo rápido me
subo todo junto pero como ya casi tenía la
verga parada me tengo que voltear para el rincón
y entra una enfermera con una charola blanca
llena de tubitos desos donde echan la sangre
y que dónde la ponía pus allí
pero se nota que el enfermero está sacadísimo de onda
casi le pega a la pobre vieja que no sabía
ni qué pedo ni por qué le hablaban tan tronado
y pronto que la corre casi
la sacaba a patadas je bueno no tanto
no te creas pero sí como que le daba sus
empujoncitos y yo viendo todo desde el rincón
y ora sí ya bien caliente nomás se
fue la enfermera y me llamó me puso
donde mismo y me volvió a pedir que me descubriera

es decir que me bajara todo y siguió jalándome la verga haz de cuenta que trajeras algo adentro y te lo quisieras sacar por el hoyito pus así de atrás para adelante
pero entonces ya no me preguntaba «¿le duele?» sino que decía «¿le molesta?» y yo pus que no que no me molestaba
y todavía me hacía pendejo nomás para joderlo un poco que cómo me iba a molestar si no tenía nada si ya le había dicho que era pus como rutina ¿no? y él volvía otra vez «¿le molesta?» y yo respondía igual haciéndome pendejo como si no me hubiera dado cuenta de lo que quería decir ¿me entiendes? porque antes preguntaba «¿le duele?» y ahora «¿le molesta?» y claro que era distinto pues molestar podía ser no sólo porque me doliera sino por pus por lo otro ¿no? entons que se va bajando cada vez más
así como si quisiera ver muy de cerca que de veras no me salía nada y cada vez se acercaba más y con cada acercón preguntaba «¿le molesta?» y yo pus que no y con eso se daba otro bajón y yo con la verga entons sí bien parada y el pinche enfermero que me la estaba haciendo muy cardiaca
pero a mí también me estaba gustando así que no

se decidiera pues que no se descarara y me dijera «te la voy a mamar papacito» sino que se estuviera haciendo pendejo y yo también los dos haciéndonos pendejos que si le molesta que pus no y cada vez más cerca casi poniendo el ojo en el hoyito pero sin dejar las apariencias hasta que en una desas que siento que me rozaban sus bigotes que me rozaban la verga se entiende ya nomás le puse las manos en la nuca así enlazadas y de un solo empujón se la dejé ir hasta las pinches anginas y con toda aquella fila de viejas sentadas con las cabezotas recargadas contra el vidrio allí a menos de medio metro yo no podía ni hacer ruido así que chas chas chas le estuve dando y me cai que me calentaba más de pensar que casi estábamos en público ¿verdad? cogiendo en público y que hasta la respiración agitada me podían oír allá afuera si se callaran tantito pero ya vez como son esos laboratorios los putos niños corren las enfermeras llaman a los pacientes a un cabrón se le cai un frasco lleno de miados puta un pinche desmadre cuando me vine el güey nomás hacía buches porque me vine un chingo

luego ya me iba y que nos acordamos
faltaba la pinche sangre para el vederrele
así es que entonces sí me pudo atinar
bien como que ya estaba tranquilo
nomás comentó cuando me levanté
la manga «uy con esas venotas
está re fácil» yo creo que por eso
se puso tan nervioso y además porque yo traía
unos pantalones con los que se me notaba mucho la
verga unos que ya se me rompieron
chin.

DÉDALO

A Hugo Hiriart,
de una página extraviada por Dódolo.

Debió de ocurrir durante el año del Gran Sueño; lo supongo porque de otra manera no sería posible explicar que un profundo conocedor de procesos estocásticos confundiese aquella cadena de Markov —a todas luces finita— con una infinita, error que produjo la paulatina decadencia de la democracia efímera y las posteriores invasiones mongolas.

Los efímeros, con una ceguera pasmosa, achacaron al Gran Sueño la decadencia de su cultura y la ruina de sus ciudades; mientras las últimas luces de aquel gran pueblo se iban apagando, el propio Aureliano insistía en la equivocada cuanto difundida tesis; y si tal ocurría a la más brillante inteligencia efímera, ¿qué podíamos esperar de las investigaciones de un simple Bernardo el Ciego o, peor aún, del mediocre y tedioso Momi tan alabado en su tiempo, pero cuya nefasta influencia historiográfica aún hoy padecemos?

Un dato escapó al gran Aureliano: aquella nota mantenida durante un año, durante todo el año del Gran Sueño, por la más admirada sobresoprano de Mikelón. La tesitura conocida bajo ese nombre, hoy desaparecida de las gargantas humanas, llegaba con muchos años de entrenamiento hasta el Sol sostenido, pero la grandiosa Euristarca, la sobresoprano mítica, alcanzó esa noche el Si natural que exigía la incantable aria *Dulce luna, nuestra madre*. Todo Mikelón había asistido al muchas veces pospuesto estreno sólo para escuchar aquel Si natural que aun los violines difícilmente alcanzan. Euristarca dio inicio al aria *a capella*, el canto era arrebatador; de súbito, haciendo su entrada, la orquesta atacó el trémolo con que da principio el desesperado tema central, y la opulenta voz de Euristarca se abrió paso entre oleajes de síncopas. Así alcanzó el momento climático y la portentosa sobresoprano entonó con perfecta holgura el Si natural, lo sostuvo durante los dos compases que exigía la partitura de un Albano ya en su último año de feroz locura criminal, lo sostuvo otros dos compases más no previstos y concluyó con una ovación jamás tributada antes en ninguna ciudad efímera, mucho menos en Mikelón.

Aureliano fue el primero en descubrir que aquella repetición de los dos imposibles compases no había sido un alarde ostentoso de la divina Euristarca, sino que entre cada par había transcurrido un año entero, imperceptible salvo por el polvo que algunos melómanos descubrieron, para desgracia de la servidumbre, en la seda del bisador: el año del Gran Sueño.

Muy señor mío y de otros,
pero no todos:

Lo verdaderamente notable de estas arias esforzadas (entre otras *Madre de piedra. Blanca madre* y no *Dulce luna, nuestra madre*) es que eran cantadas por artistas alzados de cabeza entreteniendo en sus piernas un osezno feroz y algunos perros. Toda la teoría historiográfica implícita en las tesis de Aureliano se explica por su inclinación lujuriosa hacia Euristarca (que, desde luego, deja mucho sumido en el misterio). El llamado *Gran Sueño* no pasa de ser una hipótesis trivial de Helmholtz, siempre tan reaccionario. El capítulo de los cantos *a capella* tiene una intensidad casi insondable.

Hugo,
Gaspar Dódolo.

ÍNDICE

I

II

EL VINO DE LOS BRAVOS